「突然の訪問を許してね。
大事な捜し物を捜しているの」
ライラナ
吸血鬼の頂点に立つもの。
アニスの特異性に気づく。

「――私と生きてくれます
これから気が遠くなりそう
長い時間も、私と一緒に」

「〝架空式・竜魔心臓《ドラゴン・ハート》〟！」

「――〝精霊顕現〟」

「――誓うよ。
貴方と一緒に生きて、
飽きるまで生きて、
終わりすらも一緒に選び
か？
な

転生王女と天才令嬢の魔法革命6

鴉ぴえろ

ファンタジア文庫

3270

口絵・本文イラスト　きさらぎゆり

転生王女と天才令嬢の魔法革命 6

The Magical Revolution of Reincarnation Princess and Genius Young Lady....

Author 鴉ぴえろ
Illustration きさらぎゆり

[これまでのあらすじ]

魔法に憧れながらも魔法を使えない王女、アニスフィア。
彼女は天才令嬢・ユフィリアを婚約破棄から救い、共同生活を始める。
ユフィリアが王になることで研究に集中できるようになったアニスは、
生誕祭で精霊の実体化に成功し、魔法省との和解を果たす。
辺境に追放された弟とも再会するも、ヴァンパイアの影が現れて——!?

[キャラクター]

イリア・コーラル
アニスフィアの専属侍女。

レイニ・シアン
婚約破棄騒動の発端。実はヴァンパイアで、今は離宮の侍女。

アルガルド・ボナ・パレッティア
辺境で謹慎中のアニスの弟。

アクリル
アルガルドの領地に迷い込み、居候しているリカント。

ティルティ・クラーレット
呪いに関する研究をしている侯爵令嬢。

オルファンス・イル・パレッティア
パレッティア王国の先代国王。アニスの父。

シルフィーヌ・メイズ・パレッティア
先代王妃でアニスの母。

ガーク・ランプ
アニスの研究助手。近衛騎士団の見習い。

Author
Piero Karasu
Illustration
Yuri Kisaragi

The Magical Revolution of Reincarnation Princess and Genius Young Lady....

オープニング

「──貴方《あなた》、本当にここを出て行くつもりなの？」

私が問いかけた声には、自分が思っていたよりも苛立《いらだ》ちが混じっていた。

私の問いに振り返ったのは黒い髪に赤い瞳を持った美しい女だ。

彼女の表情はよく見慣れた気に入らない笑みだ。涼しげで、それでいて腹の底が見通せない不思議な表情。

「だって、ここはつまらないんだもの」

「変わり者もここまで極めればおかしいのね。……本気なの？」

「うん。もしかして、心配してくれてる？」

「誰があんたの心配なんか！　腐れ縁が切れて清々してるところよ！」

「あら、嫌われちゃったわね」

「……ねぇ、何で出て行くのよ？　ここを出て行ったら絶対に後悔するわよ？　下手すれば誰かが貴方を殺しにいくでしょう。幾ら貴方でも、そうなったら……」

「やっぱり心配してくれてるの？」

「してないって言ってるでしょ！　本当に何を考えてる訳⁉　あぁ、本当にむかつく！」

苛つきが収まらず、思わず足踏みをしてしまう。鬱憤は全然晴れなかったけれど、そうしないと耐えられなかった。

「もういいわ！　私には貴方が理解出来ないということがよくわかった！　貴方と話してたら私まで疑われるじゃない！　さっさと行っちゃえば⁉」

「ルエラ」

彼女――ティリスは、静かに私の名前を呟《つぶや》いた。

私にとって腐れ縁の親友であり、切磋琢磨《せっさたくま》するライバルであり、結局こうして何一つとして理解することが出来なかった相手。

「私にはわからないんだ。私たちの一族が求めている悲願の価値が」

「……永遠よ？　永遠の価値なんて、改めて説明しなければわからないものなの？」

「永遠ってそんなに良《い》いものなのかな？　私にはそれが理解出来ない」

「祖先の悲願じゃない。叶《かな》えてやろうとは思わないの？」

「叶えて、どうするの？」

「どうするって……」

「私は考えたよ。考えて、考えて、考えた上でつまらないなって思った。永遠なんて要らないし、一族の悲願だとかどうでも良かった。だからもっと別のことを知りたいんだよ。生きる意味とか、何を為《な》すべきなのかとかね」

「……はぁ、二度と貴方のような異端が生まれないことを祈るわ」

「気苦労かけてごめんね。見送りに来てくれたのは嬉《うれ》しかったよ」

「たまたまよ、たまたま！　ちょっと気が向いただけ！　もう、さっさと行けば!?　好きに生きればいいじゃない‼」

長い間、腐れ縁だと思っていた縁はここで途切れる。そんな確信があった。

最後まで透明を思わせるような笑みを浮かべて、彼女は最後にこう言った。

「ルエラ。永遠の先には一体何があるんだろう？　私は——何も思い付かなかったよ」

それが私たちの交わした最後の言葉だった。

永遠。不老不死、魔法の探求。それを求めることこそが私たち——ヴァンパイアの宿命だった筈《はず》なのに。その命題を捨てて、彼女はどこに向かうというのだろう。

彼女の言葉を忘れられないのは、問いの答えが知りたいからなのかもしれない。

1章　レイニの願い事

私とユフィがパレッティア王国東部の視察をしてから、早くも三ヶ月が過ぎていた。

視察を終えた次の月から王国は雨期に入った。十二ヶ月の内、三ヶ月程は雨が降りやすい季節になっている。

月の名前には精霊の六属性が当てられていて、それぞれの月に上月と下月を組み合わせて十二ヶ月だ。順番は光、火、風、土、水、闇の順になる。

雨期の始まりは水の上月から。それから水の下月、闇の上月まで雨期が続く。

現在は闇の上月の終わり間際《まぎわ》。雨期はもうすぐ終わりを迎えそうではあるものの、今日はしとしとと雨が降っている。

「雨期の終わりも近いのに、今日も雨がよく降るねぇ」

「そうですね」

窓の外を見つめながら私はぽつりと呟く。私の呟きに返事をしたのはユフィだ。

「雨期の間はやっぱり王都が静かになるね」

「王都にいる貴族も、雨期には領地に戻る人が多いですからね。領地の災害に備える必要がありますから、仕方ありません」

「恵みの雨でもあるけれど、それだけじゃないもんね。雨期の魔物を狩る時はいつも以上に気を張っちゃうし、狩り場の奥に行くのも大変なんだよ」

雨期はどうしても外で活動し辛《づら》くなる。けれど雨をものともしない魔物も当然いる訳で、冒険者の仕事はなくならない。そんな魔物の対策に頭を悩ませるのは冒険者だけじゃない。王都にいる貴族たちも備えのために領地に戻る。

なので、この時期は王都から人が減って暇になりやすい。だからといって気を抜くことも出来ない、なんとも据わりの悪い季節だ。

「雨期が来る前に視察が出来て良かったね」

「そうですね。エアドラやエアバイクがあって良かったです」

「闇の月まで仕事を抱えてると色々言われちゃうからねぇ。闇の精霊は静寂と安息を司《つかさど》りし者。その名を冠する月まで仕事を抱えているとは何事か！　なんてね」

「それは昔から言われていますけれど、結局雨期が明けた後の確認などで闇の上月は忙しいのですけどね。休めるのは結局、闇の下月からですよ」

「来年になったらすぐに慌ただしくなるんだろうけどねぇ」

「来年の話よりも、こうして一緒にいられる時間を意識してくれませんか？　アニス」

ふと、ユフィが意地の悪そうな微笑《ほほえ》みを浮かべて私の傍《そば》まで寄ってくる。そのまま私の頬に手を触れて、軽く口付けされた。

目を細めて口付けを受け止めていると、ユフィが面白くなさそうな顔をした。

「その顔は何かな、ユフィ？」

「いえ、アニスが素直になったのは喜ばしいのですが……以前の照れていたアニスも愛《め》で甲斐《がい》があったな、と思いまして」

「ふふん、お陰様で少しは不貞不貞《ふてぶて》しくなりましたよーだ」

今度は私の方から頬にキスを返すと、ユフィがくすぐったそうに笑みを浮かべる。

そのまま互いに額を合わせたり、頬を合わせたりして触れ合う。雨期はいつもより肌寒いのでユフィの体温が心地《ここち》好い。

そうして戯《たわむ》れていると、ノックの音が聞こえてきた。続いてドアの向こうからイリアの声が聞こえてきた。

「アニスフィア様、ユフィリア様。お客様方が工房にお揃《そろ》いです」

「……もうそんな時間か。イリア、ありがとう。すぐに行くよ。ユフィ、行こうか」

「ええ、そうですね」

私はユフィと触れ合っていた名残を惜しむように離れる。そのまま二人で部屋を出て、離宮にある私の工房へと向かう。

工房にはすっかり見慣れた客人たちが思い思いに過ごしながら私たちを待っていた。

「……おはよう、ティルティ。そっちこそ相変わらず雨が降るとジメジメ具合が増すね？」

「おはよう、ティルティ。アニス様にユフィリア様。雨期でも相変わらずキラキラしてるわね？」

雨期のせいでいつもより気怠《けだる》そうにしているティルティに苦笑しつつ、ティルティ以外の客人に目を向ける。

ティルティの他にいたのは、ハルフィス、ガッくん、ナヴルくん。視察からお馴染《なじ》みになってきたメンバーだ。

「皆《みんな》もおはよう」

「はい、おはようございます。アニス様」

「どもーっす、おはようございます」

「……はぁ、おはようございます。ユフィリア女王陛下、アニスフィア王姉殿下」

ハルフィスはいつも通り丁重に、ガッくんは完全に砕けた様子で、そんなガッくんの態度に色々と言葉を呑《の》み込みながらナヴルくんが挨拶をしてくる。

そんな彼等《かれら》の反応に微笑しつつ、私はこの部屋にいる最後の一人へと視線を向けた。

「レイニもおはよう。調子はどうかな？」

「おはようございます、アニス様。私はいつも通りですよ」

穏やかに微笑みながらレイニがそう返してくれた。

このメンバーは、私が雨期の間に力を入れていたとある検証に協力してくれた面々だ。

挨拶が終わるなり、早速ティルティが手を叩《たた》いて注目を集める。

「それじゃあ、さっさと本題に入っていきましょう」

「ティルティはせっかちだね」

「無駄話が嫌いなだけよ」

さっさと話を進めようとするティルティに異を唱える人はいない。

検証が始まってから三ヶ月ほど。その間にティルティがどういった人物なのか、ここにいる皆はわかりきっているからだ。

「それで、今日までやってきた〝ヴァンパイア〟の能力検証、そろそろある程度の結論を出しても良いと思うの」

ティルティが切り出した話題に、皆が表情を引き締めて頷《うなず》いてみせた。

何故《なぜ》、ヴァンパイアについて改めて調べることになったのか？　それは三ヶ月前、パレッティア王国東部視察の際に得られた情報から検証の必要を感じたからだった。

情報をくれたのは視察の最後に訪れた辺境の地に送られたアルくんと、アルくんに保護された狼《おおかみ》の獣人であり、自らのことをリカントと名乗るアクリルちゃんだ。

「確認も兼ねて、最初から。アニス様たちが東部への視察に向かって判明したことだけど、レイニやアルガルド様以外にもヴァンパイアが実在して、暗躍をしている可能性があることがわかったわ」

「実際、他のヴァンパイアにアクリルさんは奴隷のように扱われていたらしいです」

「そんな不穏な話を聞いた以上、ヴァンパイアが何か仕掛けてきた時に対抗出来るようにしておかないといけなくなった訳ね」

「そこで改めて、ヴァンパイアの持つ魅了の対抗策や、そもそものヴァンパイアの力がどれ程のものなのか、改めてレイニに検証して貰《もら》ってた訳だけど……」

ちらり、と私とティルティは同時にレイニへと視線を向けた。

「私たちが想像していたものより、ヴァンパイアの力はとんでもないものだったわね」

「本当にね……」

「あはは……」

この三ヶ月の間、一番大変だったのは間違いなく今何とも言えない表情を浮かべているレイニだ。

ヴァンパイアの検証に熱が入ってしまったティルティの無茶振りにレイニは振り回され、本当に大変そうだった。得られた情報は大変有益だったけれど、まず彼女には本当にお疲れ様と言わなければならない。

「まずは身体能力について。再生能力の高さはアルガルド様の例もあったからわかっていたことだけど、単純な身体能力に関しても目を見張るものがあったわね」

「牙や爪といった肉体の変化も相手の意表を突くのに有用だよね」

「本当に暗殺者向きよね。凶器の持ち込みが要らないんだもの」

「あ、暗殺なんてしませんよ……」

「まぁ、レイニの性格からして向いてないよね」

肉体を変化させて、牙や爪を伸ばす。これは人が使う魔法では持ち得ない特性で、改めてレイニが魔物に分類される括《くく》りなのだと認識させられる。

この牙や爪がなかなか硬くて、武器として十分に使える。ティルティが言うように暗殺者としてヴァンパイアが送り込まれたら厄介なことこの上ない。

「暗殺云々《うんぬん》はともかく、今回の検証でレイニの潜在能力は非常に高いことがわかりました。正直に言えば末恐ろしいと思う程までに」

「ナ、ナヴル様……」

「この三ヶ月の間、レイニに剣術や護身術の指導しましたが、コツを摑《つか》んでからの上達速度が素人《しろうと》とは思えない速さでした」

「そうだな。最初はぎこちなかったのに、いきなりビックリする程に上達したよな」

「ガークさんまで……」

「レイニにその気があるなら、今からでも騎士に推薦しても良いと思える程だ」

「わかる。あれだけすぐに上達するなら十分やっていけると思うぞ」

「き、騎士ですか……全然想像がつきませんけれども……」

二人から賞賛されているレイニだけど、気まずそうに目が泳いでいる。

「二人の意見には私も同意かな。最初はレイニがどれだけ動けるのか調査するための指導だったけれど、砂が水を吸うように吸収していったからね」

「アニス様までなんてことを言うんですか……！　そのせいで私はティルティ様に剣まで振らされたんですよ？」

「お陰でナヴルやガークと立ち合いが出来るようになったじゃない？」

「別に望んでなかったんですけど……？」

「レイニさんの才能が素晴らしいのは身体能力の面だけではありません。魔法でも見事な成果を上げています」

眼鏡を指で押し上げながら話を切り出したのはハルフィスだ。

「ヴァンパイアの魔法、そして魔石について調べるために再検証を行わせて頂きましたが、従来の指導法とは別の方法を試したところ、レイニさんはこの三ヶ月で驚く程に魔法の扱いが巧みになりました」

「貴族が使う魔法と魔物が使う魔法は見かけ同じに見えても中身は別物かもしれない、という話から生まれた、魔物を参考にした指導方法だったよね？」

「はい、ティルティ様。まだ検証の必要がある仮説ですが、レイニさんのお陰で限りなく事実に近い検証結果が得られたと思っています」

「精霊石と魔石の違いにも通ずるよね。この性質の違いが人間と魔物、魔石を持たない者と持つ者を分けるんだと思う」

「前から似たような持論を言ってたものね、アニス様は。ハルフィスの論文には目を通したけれど、魔法使いは魔法を精霊と〝共鳴〟することで魔法として行使する。対して、魔物は魔石という形で精霊を〝支配〟することで魔法を行使している、だったかしら？」

「はい。私はそう考えています」

「その論を前提とするなら、レイニは魔石が不完全な状態だったし、精霊の支配が上手《うま》くいってなかったんでしょうね。だから魔法が得意でないと誤解してたんでしょ？」

「そうですね、ティルティ様の仰《おっしゃ》ってる通りだと思います……」

レイニは相変わらず目を泳がせながらティルティに返事をする。そんなレイニに向けてハルフィスが眼鏡を押し上げながら鋭い視線を向けた。

「レイニさんがこのまま研鑽《けんさん》を積めば、いずれはユフィリア女王陛下に匹敵する程の力を得ることも夢じゃありません」

「いや、ハルフィス様。流石《さすが》にそれは……私はそんな大した人じゃないので……！」

「レイニさん。過ぎた謙遜は、時に嫌味にも聞こえますよ？」

咄嗟《とっさ》にハルフィスの言葉を否定するレイニだったけれど、ハルフィスが笑っているようで笑っていない笑顔のまま、レイニに対して圧をかける。

ハルフィスの圧力を受けて、レイニは静かに口を閉ざした。レイニの魔法の腕前が上達したのはハルフィスのお陰ではあるんだけれど、それはそれで複雑なんだろうな……。

「纏《まと》めると、レイニはこの三ヶ月の間で人並み以上に剣を振るうことが出来るようになって、魔法の腕前も上がった。私から見ても実戦でも通用すると思う程にね」

「この検証結果で問題なのは、期間が短すぎるという点ね。正直、普通の人だったら嫉妬するでしょう」

「その恩恵がヴァンパイアの魔石に齎《もたら》されているのも頭が痛い問題です」

ユフィの言葉に全員が揃《そろ》えたように溜息《ためいき》を吐《つ》いた。

「ヴァンパイアの魔石に蓄積された経験。それがレイニが急成長出来た理由だ」

「この魔石の法則がどこまで他のヴァンパイアにも適用されるかにもよるけれど、もしもヴァンパイアの全てがこの水準にあるとしたら……ちょっと想像したくないわね」

ティルティが溜息と共に吐き出した言葉に、私は重々しく頷いてしまう。

流石にヴァンパイアだって個人差はあるだろう。というより、あって欲しいと思う。

「即死でないなら再生が可能、魅了による自己防衛や潜入に長《た》けた固有能力、魔石に引き継がれた経験を取得出来る、ね」

「魔石に引き継がれた経験を自分に降ろすことで、あっという間に素人でも一端《いっぱし》の騎士になれると認められる程の実力をつけた。驚異的としか言えないわね」

「比較が出来ないので判断は難しいですが、レイニがヴァンパイアとして〝優秀〟であるのか、それともこれが〝普通〟なのか。どちらなのかで話は変わってきます」

ユフィの言葉にティルティが前髪を上げて額を押さえた。

「本当、あの婚約破棄騒動の際に先王陛下たちがレイニやアルガルド様を処分するという判断をしなかったことに感謝したくなるわね」

「父上たちの英断に感謝だね。もしそうなってたらと思うとゾッとするよ……」

私はぼやくように言った。皆《みんな》も私と同じ気持ちだというように難しげな表情を浮かべている。

「アルガルドにも、こちらの検証結果を伝えて色々と確認して貰っていますが……」

「比較には数が全然足りないわよ。そもそも、レイニの覚醒だって正しい手順での覚醒なのかも判断出来ないわ。今はとにかく確認出来た事実を元にして、その対策をしていくしかないんじゃないかしらね」

「これ以上の検証は難しいですし、ここで一度区切りをつけるべきですね」

雨期が終わるから一区切りとするには丁度良《い》いというのもあるけれど、更に検証をしてもヴァンパイアという種族の実態がわかるとは思えない。

それなら実際にヴァンパイアに対抗する方法を考えた方が良いだろう。

「色々と厄介なヴァンパイアだけれど、中でも一番厄介なのは魅了、精神干渉よね。対策として思い付く方法は現時点で二つ。一つは、魅了対策のための専用魔道具を作ること。そして二つ目は、アニス様と同じように刻印紋を刻むことよ」

刻印紋。その名前が出た瞬間、皆の視線が私へと集まった。ここにいる人たちは、私の背中に刻まれているドラゴンの刻印紋については話してあるからだ。

「魔道具はともかく、刻印紋には既に実績がありますからね」

「でも、刻印紋だって素材にした魔石が何でも良い訳じゃないでしょう？　まさか全員にドラゴンの刻印紋を刻むの？　現実的じゃないわね」

「ティルティの言う通りだね。あくまで私とドラゴンの魔石の組み合わせだったからって考えた方が良いと思う。刻印紋で必ず対策が出来る訳じゃないと考えるべきだよ」

「そもそも、本来であれば刻印は罪人の証《あかし》でもあります。受け入れて貰うのにも時間がかかるということを踏まえても現実的ではありません」

ユフィが軽く首を左右に振りながらそう言った。こうなるとやはり刻印紋は対策の候補としては除外するべきだ。

「可能性が低くても魔道具でどうにかするしかないわね……」

「引き続き、ティルティには開発の協力をお願いしてもよろしいですか？」

「聞かれるまでもないわよ。こんな面白い話、乗らない訳にはいかないわ」

ユフィの問いにティルティは不敵に笑って返す。こういう奴《やつ》だから私もヴァンパイアを調べるとなった時に真っ先に声をかけたんだ。

元々、レイニの身体《からだ》も診察してくれてたし、魔法にも精通していて、呪いなどの未知の現象に対して好奇心が強い。だからこそ頼りになる。

「となると、作るべきなのは魅了に対抗出来る魔法を込めた人工魔石かな？」

「そうね。そういえば、人工魔石もレイニのお陰で研究が進んでいたわね？」

「ハルフィスも力になってくれると思うよ。優秀な子だからね！」

『そんな、私なんて……』

一言一句、見事にピッタリと重なったレイニとハルフィスは互いに顔を見合わせた。

その仕草がなんとなくおかしくなって、思わず笑ってしまった。そうするとユフィまで微笑《ほほえ》ましそうに二人に温かい視線を向ける。

生暖かい視線を向けられたレイニとハルフィスは、顔を赤くしながら小さく縮こまってしまうのだった。

＊＊＊

ヴァンパイアの対策について話し合いが終わった後、私たちは解散した。

その後、離宮での食事が終わった後はいつもの雑談に興じていた。ふと、そんな中でレイニが何か心ここにあらずといった様子であることに気付く。

「レイニ？　どうかした？」

「……あっ、いえ、その、ごめんなさい！　何でもありません！」

私が声をかけると、レイニは慌てた様子で誤魔化そうとする。

レイニの様子を見た私は順番にユフィとイリアに視線を向ける。

二人はそれぞれ頷《うなず》き、レイニに向けて優しく微笑みながら言った。

「さぁ、レイニ。何か思うことがあるなら言ってください」

「どんな相談でも乗りますよ？」

「うん。そういう訳だから、さっさと吐いちゃおうか？」

「……今、私がどれだけ隠し事をすると思われているのかよくわかりました」

レイニは情けない表情を浮かべながら呻《うめ》くように呟《つぶや》いた。そして諦めたように私たちへと告げた。

「実は相談したいことがありまして。――少しの間で良いので暇を頂けませんか？」

『はい？』

レイニが告げた言葉に私たちは目を見開いて呆気《あっけ》に取られた。中でも一番動揺しているのはイリアだ。イリアの表情には明らかな戸惑いが浮かんでいる。

その一方で、冷静にユフィは目を細めてからレイニを見つめた。

「……暇、ですか。つまり離宮を離れたいと？　何故《なぜ》ですか？」

「自己満足というか、私のワガママでしかないのですが……母について調べたいんです」

「レイニのお母さん……？」

「はい。母も恐らくヴァンパイアです。その確証を得ることはもう難しいと思いますが、それでも母が何か手がかりなど残していないか調べたくて……」

レイニは思い詰めた表情でそう言った。一体、いつから悩んでいたんだろうか？

気付いてあげられなかったことに小さな悔しさを覚えていると、ユフィが溜息を吐いてから問いかけた。

「レイニ、貴方《あなた》はどうやって調べるつもりだったんですか？　まさかとは思いたいのですが、一人で旅に出るつもりだったとは言いませんよね？」

「……そ、それは、その」

ユフィの質問にレイニは気まずそうに目を背けた。その瞬間、イリアの表情が抜け落ちた。ユフィも目を細めてレイニを睨《にら》んでいる。

なんだか、一気に空気が張り詰めて冷たくなったような気がする！

「その、最近は魔法も前より使えるようになりましたし、剣だって扱えるようになりました。それにヴァンパイアの力を使えば、穏便に旅が出来るかと……思って……」

必死に弁明をしようとしたレイニの声がだんだんと小さくなっていく。その声と比例するようにユフィとイリアの圧が増していく。

レイニ、流石にそれは私でも無謀だと思うよ？

「ま、まぁまぁ！　自分に出来ることが増えると、何でも一人でやりたくなっちゃうよね！　自分のワガママだって言うなら人に迷惑をかけるのも気が引けちゃうよね！　うんうん、わかるよ！」

「アニスは自覚があるなら是非とも反省してください」

「アニスフィア様は自重というものを覚えてください」

「あれ？　なんで私まで責められてるんだろうね……？」

「自分の胸に手を当てて、今までのことを振り返ってください」

ユフィとイリアが私にジト目を向けてくる。心当たりがある以上、下手な反論や誤魔化しをしたら余計に怒られてしまうと感じた私は口を閉ざす。

私が黙ると、ユフィとイリアの矛先はレイニへと戻った。

「まだ実行に移していないので見逃しましょう。ですが、レイニが一人で旅に出るというのは認められる話ではありません。レイニの身柄はアニスの預かりのままですからね？」

「うっ、それは……」

ユフィの指摘を受けて、レイニが気まずそうに口を閉ざした。

そうだ。私も普通に忘れかけていたけれど、レイニって私が保護してるから離宮にいるんだよね。今は普通に馴染《なじ》んでるから、そんな気がしないけど。

「一部の者しか知っていないとはいえ、ヴァンパイアであるレイニの自由が許されているのはアニスが監督をしているからです。レイニの貢献には感謝していますが、それとこれとは話が別です」

「はい……」

「それにレイニが私たちから離れるのは賛成出来ません。ヴァンパイアであることを抜きにしても、貴族の令嬢が一人で旅をするなど認められる訳がありません。シアン男爵も許しはしないでしょう」

「わかっています。だから、その、色々と悩んでしまって……」

「悩むのも、他人に迷惑をかけたくないと思うのも結構ですが、悩みを打ち明けて貰《もら》えなかったことに不満を覚えてしまいますね」

ユフィとイリアにちくちくと言葉で刺されたレイニは軽く涙目だ。

一人で思い詰めて、迷惑をかけたくないから自分だけで解決出来る手段がないか探してしまったんだろう。ちょっと自信が付いてきた頃だったのも良くなかったと思う。

「でも、レイニのお母さんか。どんな人だったか覚えてるの？」

「お母さんとの記憶は小さい頃のものしかないので……あとはお父様から聞いた話でしか知りません」

「シアン男爵とレイニのお母さんってどういう経緯で出会ったのか聞いてる？」

「父がまだ冒険者をやっている頃に知り合って、馬が合ってからは一緒に依頼を受けるようになったと聞いてます」

「うーん……レイニには悪いけれど、レイニのお母さんが冒険者だったなら詳しい話は聞けないかもしれないね」

「そうなんですか？」

「冒険者は冒険者になるしかないという人が多いの。だから出自を隠していたり、秘密にしていたい人もいる。それに触れるのは暗黙の了解で避けられているんだ。だからレイニのお母さんも自分のことは伏せることで活動出来てたんだと思う」

「……調べても何もわからない可能性が高いってことですよね？」

「可能性が絶対にないとも言い切れないけど……」

　レイニは私の言葉に悩ましげに眉を寄せてしまった。

　可能性が一切ないのと、もしかしたらあるかもしれないというのは話が違う。だからレイニも踏ん切りがつかないんだろう。

「うーん……ユフィ、相談があるんだけど」

「アニス？」

「王都を数日、離れてもいいかな？　レイニを連れてレイニのお母さんと関わりがありそうなところを回って見てくるよ。名目は雨期が過ぎた後の東部の様子が気になったから、とかどうかな？」

「アニス様⁉」

「エアドラを使えば数日で必要なところは回れると思う。レイニの母親について話を聞くのは、そのついでってことで。どうかな？　許可を出してくれる？」

「……そうですね。確かに東部の状況は気になるところです」

ユフィは思案するように指を唇に当てながら呟く。それから仕方ない、というように肩を竦《すく》めて笑ってみせた。

「私も気になっているから、アニスにお願いするのが早そうですね。今回は正式な訪問ではなく、お忍びになると思いますので大袈裟《おおげさ》にする必要もないでしょう」

「ありがとう。それで、どうかな？　レイニ。それで納得してくれる？」

「……良《い》いんですか？」

「言ったでしょ？　ついでだってね。お墓参りだと思って気楽に行けばいいよ」

「……アニス様、ありがとうございます」

申し訳なさそうに問いかけたレイニに対して、私は軽く笑って返す。

私の返答を聞いたレイニは僅かに唇を引き結んだ後、深く頭を下げた。

これで解決かと思っていると、ジト目でイリアがこちらを見ていることに気付いた。

「何よ、イリア」

「……いえ、別に何も」

「……数日ちょっと離れるだけでしょ。少しは我慢しなよ？」

「別にレイニがいなくなることで寂しいと言ってませんが？」

「今言ってるじゃん……」

本当にレイニを溺愛してるよね、イリアは。今までの反動なのかもしれないけれど。

不満げにジト目になっているイリアをニヤニヤと見つめていると、何か考え込むように黙っていたユフィが口を開いた。

「イリア。丁度良いので、ついでにあの話もしても良いですか？」

「ユフィリア様？　もしや、あの話とは私に部下をつけるという話ですか？」

「ええ。以前はレイニを育てることに集中したいということで保留にしていた件です」

「えっ、そんな話が出てたの？」

「レイニが私の政務を手伝うようになってから、イリアへの負担が増していましたからね。義父上《ちちうえ》からも検討してはどうだと言われていたので」

ユフィが女王になってから間もなく半年だ。確かにレイニがユフィの政務を手伝うようになってから、離宮の管理はイリアがほぼ受け持っていた。

以前からそうだったとはいえ、私もユフィも立場が変わってしまった。離宮も今の体制のままという訳にはいかない、ということだろう。

「そういえば、私も母上から指摘されたことがあるような……」

「なんで忘れてるんですか……？」

「説教とセットだったから、かな……」

「記憶から消さないでください。とにかく、離宮の体制も今後は考えていかなければなりません。勿論《もちろん》、イリアに負担がかかるようなら考え直しますが……」

イリアは悩ましげに眉を寄せて葛藤しているようだった。

今は私の立場も回復したけれど、かつては周りから疎《うと》まれ、こちらからも人を遠ざけていたのは変わらない。まだまだ人間不信な部分も残っていると思う。

それでも私はハルフィスたちやグランツ公を通じての人脈作りで人と話す機会が増えたから多少なりとも改善されたと思う。だからイリアにもその機会を設けようという話になるんだろう。

イリアは一瞬黙り込んだ後、ゆっくりと力を抜くように息を吐いてから言った。

「……良い機会ですし、離宮に人を入れることも考えましょう」

「良いのですね？　イリア」

「ユフィリア様。長い間、返答を保留にしてしまって申し訳ありませんでした。お気遣い頂いたこと、心より感謝しております」

「私もこの四人で過ごせるこの時間が好きですので構いません。離宮に人が入るようになっても、この時間は私にとっては特別です。変えないといけない部分、変えないままでいい部分は見定めながら進めていきたいと思っています。イリアも協力してくださいね」

ユフィが穏やかに笑って告げる。それにイリアが目を閉じて、深く一礼をしてみせた。

人も、環境も、世界も。たとえゆっくりであっても変わっていく。その変化に置いていかれないように、そして後悔をしないように頑張っていかないといけない。

今日は、なんとなくそんなことを考えてしまう日だった。

＊＊＊

レイニの母親について調べに行くのが決まった次の日、私は離宮へとやってきたティルティにそのことを報告していた。

「はぁ？　レイニの母親について調べに行くですって？」

「そう。だからティルティにはヴァンパイア対策の人工魔石を研究するための下準備をして貰いたいんだけれど」

「ふーん……ねぇ、アニス様。そのお忍びに私も付いていきたいのだけど？」

「はぁ!?　ティルティが!?」

「なんでそこまで驚くのよ……」

「いや、驚くなって言う方が無理でしょう？」

だって、あのティルティだよ？　完全に別荘に引き籠もって出てこない。別荘では研究一筋で、貴族令嬢なのに社交に出ることもない。そして人嫌いまで拗《こじ》らせている。

外出するってだけでも驚きなのに、なんで付いてこようとしているんだろうか？

「どの道、人工魔石を作るにしたってレイニがいなければ話にならないでしょ。素材の準備だけなら私じゃなくても良いし、それならレイニの母親について興味があるわ」

「興味って言われても、確かな情報が得られる保証はないんだよ？」

「そんなのわかってるわよ。それとも、レイニは私が来ると迷惑かしら？」

「め、迷惑というか……外出しても大丈夫なんですか？」

ティルティの奴《やつ》、私が渋ると思ったのかレイニへと矛先を変えた。レイニは心配そうに問いかけるけれど、それに対してティルティは軽く肩を竦めてみせた。

「好きで引き籠もってるだけだから、外に出る用事があれば外出ぐらいするわよ。こうして離宮にだって顔を出してるでしょ？」

「……アニス様も言ってましたが、ティルティ様が満足するような話が聞けるとは限りませんよ？」

「それならそれでいいわよ。なんだったら東部に買い出しのついでと思うわ。雨期だから物価が少し高くなるし、素材の鮮度も落ちるのよ。現地に行く用事があって、それに便乗出来るなら構わないし。それとも私に来て欲しくないの？」

「そ、そこまでは言いませんけれど……」

レイニは困ったように私に視線を向けてくる。

言いたいことはわかるよ、この社交性がゼロで、性格も捻《ひね》くれているティルティが旅に付いてきて問題を起こさないかどうか不安になるよね。

「……ティルティ、いきなり誰かに喧嘩《けんか》を吹っ掛けて問題を起こしたりしない？」

「私をアニス様と一緒にしないでよ」

「私をなんだと思ってるのさ⁉」

「猪突《ちょとつ》猛進王族」

「不敬罪で捕まりたいの？」

思わず青筋を立てながら言ってしまうけれど、ティルティは軽く鼻を鳴らすだけだ。

ちょっと心配ではあるけれど、わざわざ自分から言い出したならちゃんとしてくれるだろう。ティルティはその辺り、性根は捻くれてるけれど義理堅いんだよね。

「ちゃんと貴方《あなた》たちの言うことを聞けば良いんでしょう？　問題も起こさないように注意する。それならいいでしょう？」

「……そこまで言うのでしたら、私は構いませんよ」

「レイニ、いいの？」

「ええ。それにティルティ様が外に意識を向けるのは良いことだと思うので。色々とご事情があるとは思いますが、ずっと引き籠もってるのは身体《からだ》に良くありませんから」

微笑《ほほえ》みながらレイニがそう言うと、ティルティが苦虫を噛《か》み潰したような表情を浮かべてそっぽを向いた。

「万年引き籠もりのジメジメキノコ令嬢だからね。これを機に外に出るのが増えるのも良いことかもしれないけれど……ティルティだからなぁ」

「言ってくれるじゃない。すっかりキテレツを卒業したからってまともにでもなったつもりなのかしら？　魔法バカなのは相変わらずのくせに」

「バカって言うな、バカって！　連れていってやらないわよ⁉」

「はいはい、ごめんなさい、ごめんなさい」

「誠意が全然こもってない！」

最後にはいつものノリに戻ってしまったけれど、こうしてティルティが同行することが決まるのだった。

＊　＊　＊

レイニの墓参りは、雨期が明けたとされた次の日から出発となった。

表向きは雨期が終わった後の東部の状況を確認するためのお忍び旅行。ついでにレイニの母親の墓参りを兼ねて、その足取りを追うための旅だ。

「今回も護衛よろしくね、ガッくんにナヴルくん」

「いえいえ、東部の状況は俺も気になってたんで渡りに船ですよ」

「誠心誠意、務めます」

軽い調子で応じるガッくんと、真面目に振る舞うナヴルくん。この二人も凸凹《でこぼこ》コンビというか、揃《そろ》っているのが当たり前に感じるようになってきた。

「私が不在の間、代理をお願い致します。ハルフィス様」

「はい。レイニさんもお気を付けて。ユフィリア女王陛下の補佐は私にお任せください」

レイニもまた、自分が不在の間の代理をハルフィスにお願いしていた。

この数ヶ月の間でレイニとハルフィスも仲が良くなったと思う。お互い、真面目で良い子だから気が合うのかもしれない。

「ハルフィス、暇があったらでいいから人工魔石の素材の準備もお願いね」

「はい、お任せください。アニスフィア王姉殿下もお気を付けて」

胸を軽く張って言うハルフィス。その姿に思わず目を細めてしまった。

すっかり慣れてきたというか、自信が付いてきたように感じる。周囲と比べて劣っていることに悩んでいた彼女の姿を知っていると、何とも感慨深い。

「レイニ」

「イリア様」

「どうか、お気を付けて」

「はい、いってきます」

イリアは軽くレイニの頬を撫《な》でながらそう言った。レイニはくすぐったそうにしているけれど、その笑みはとても柔らかい。

そんなレイニを見つめるイリアの表情も穏やかだ。でも、少しだけ寂しそう。そんなことを思いながら見ていると、じろりとイリアに見られた。

気付かれてしまったことに思わず目を逸《そ》らしてしまうと、イリアが溜息《ためいき》を吐《つ》いた。

「アニスフィア様もお気を付けて。道中、何事もないことを祈っています。それと、くれぐれもレイニをよろしくお願いします」

「わざわざ念押ししなくたって大丈夫だって」

「余計な騒ぎを起こしてレイニに気苦労をかけないでくださいね」

「イリアって結構、過保護だよね……」

ぼやくようにそう言うと、イリアがギロリと鋭く睨《にら》んできた。誤魔化すように咳払《せきばら》いをしていると、ユフィが私の傍《そば》までやってきた。

「アニス。どうか道中にはお気を付けて」

「ありがとう、ユフィ。無理はしないでね？」

「ええ、アニスの帰りを楽しみにしながら待っていますよ」

「……帰ってきてもお手柔らかにね？」

「それはアニス次第ですね」

くすくすと笑いながらユフィはそう言って、隙を突くように顔を寄せてきた。

軽く触れ合うような頬へのキス。皆《みんな》が見ているのに、この子ったらまったく！

「ユフィ！」

「……まったくもう。はいはい！　それじゃあ、出発しようか！」

なんとなく生暖かい空気を感じながらも、私は手を叩《たた》いて気を逸らさせる。

そんな私に呆《あき》れたように肩を竦《すく》めてから、ティルティが問いかけてきた。

「まずはどこに行くのかしら？」

「レイニのいた孤児院から訪ねるよ。ここから一番近いからね」

「……ということは、レイニの母親が埋葬されているのもそこなの？」

「はい」

「レイニは母親の死因とかわからないのよね？」

「当時は小さかったので、具体的なことまでは何も……」

「ふぅん。再生能力の高いヴァンパイアがなんで亡《な》くなったのかしら？　何か種族特有の病気でもあるのかしらね？」

「ティルティ……好奇心旺盛なのは良《い》いけど、もうちょっとこう、気遣いとかさ……」

「だって気になるじゃない？　もしヴァンパイアだけがかかる病とかあるなら、レイニが発症したら私にだってお手上げなのよ？」

「それは……そう、だけど」

「失礼しました」

「私だって興味本位だけじゃないのよ？　ヴァンパイアに関する情報が足りないんだもの。何も知らないままが怖いから調べようって話になったのでしょう？　私は別にこの国がどうなろうとも知ったことじゃないけれど、好き勝手出来ないのは面倒だわ」

「相変わらず清々《すがすが》しい程に自分本位だね、ティルティは……」

「まぁ、ユフィリア様が女王になったからね。この国でアニス様に付き合うのも吝《やぶさ》かでないわよ？」

「……後半は照れ隠しですよ、アニス様」

ティルティが腕を組んで、私に視線を合わせずに言う。するとレイニが囁《ささや》くように伝えてくれた言葉に笑ってしまった。

すると、ティルティが目を吊《つ》り上げてレイニの頬を引っ張り始めた。

「余計なことを言う口はこの口かしら？　えぇ？」

「いひゃい、いひゃいですっ！」

涙目のレイニと、レイニの頬を引っ張り続けるティルティ。

そんな光景に私は肩の力を抜くように息を吐いてしまうのだった。

2章　母を訪ねて

王都を出発して数時間。私たちはレイニが暮らしていた孤児院を訪れていた。

それは随分と年季が入った建物。レイニは孤児院を僅かに目を細めて見上げている。その瞳に宿っている感情は懐《なつ》かしさなのか、どこか視線が遠い。

「あまり変わってませんね……」

「……懐かしい？」

「ええ。良い思い出も、嫌な思い出もありましたから……」

「レイニ……」

「大丈夫ですよ、アニス様。行きましょうか」

孤児院に入ると、中庭で遊んでいた子供たちが興味津々《きょうみしんしん》な視線を向けてくる。

その後ろに子供たちを見守るように立っていた年配の女性がいた。彼女はレイニの顔を見ると驚いたように目を見開いた。

「お久しぶりです」

「……もしかして、レイニちゃん？」

「突然お邪魔してすいません、お元気にしていましたか？」

「え、ええ、レイニちゃん……いえ、レイニお嬢様とお呼びすべきですね」

年配の女性は様々な感情を巡らせていたようだったけれど、振り切るように丁重に頭を下げた。

レイニから、ヴァンパイアの力が制御出来なかった頃に人間関係のトラブルを起こしてしまい、色んな孤児院を転々としたと聞いている。

だからこの孤児院でも何かがあったのだろう。恐らくこの年配の女性とも。

「失礼。貴方がこの孤児院の院長で間違いないかな？」

「は、はい！　……あ、あのレイニお嬢様？　もしや、そちらの御方《おかた》は……？」

「えっと……お察しの通りです」

「アニスフィア・ウィン・パレッティアだよ。今はお忍び中だから、騒がないで貰《もら》えると嬉《うれ》しい」

「や、やはりそうでしたか……！　ま、まさか王女様が訪問されるだなんて……！　わ、私がこの孤児院の院長を務めております……！　あぁ、どうしましょう……！」

「すぐにお暇《いとま》する予定だから、気にしないで」

「そ、そうですか……何故《なぜ》、こちらに……?」

「今日はレイニのお母さんの墓参りに。それから彼女のことを知りたくて、よければ色々と教えて欲しい」

「レイニお嬢様のお母様……ティリスさんのことですね」

納得したように院長は頷《うなず》いた。少しは落ち着きも取り戻せたのか、深く息を吐いてから改めて私たちと向き直る。

「それでは、まずはティリスさんのお墓までご案内しますね」

「よろしくお願いします」

エアドラとエアバイクはガッくんとナヴルくんにお願いして見張りをして貰う。

私、レイニ、ティルティの三人は院長の後ろを付いていく。

孤児院の裏には墓地があった。墓標の数は、決して少なくない。

この孤児院は何年前から存在しているんだろう。この墓標が、親を失った子供たちのものだと思うとやるせない気分になってしまう。

そんなことを考えながら歩いていると、院長は一つの墓の前で足を止めた。

「こちらがティリスさんのお墓です」

「これが……」

レイニの母親のお墓は、何の飾り気もないけれど手入れはしっかりとされていて、とても綺麗《きれい》なものだった。

レイニは膝をついてから、母親の墓を撫でるように触れる。

「……綺麗なままです。手入れをしてくれていたんですね」

「ええ、それが私の仕事ですから……」

レイニは静かに母親の墓を見つめて、手を握り合わせて祈りを捧《ささ》げた。その様子に私もつい、祈りを捧げてしまう。

どれだけ時間が経《た》っただろうか。私が目を開けても、レイニはまだそのままだった。

レイニが祈りを終えて立ち上がると、院長が懐かしそうに目を細めた。

「……レイニお嬢様は大きくなられましたね、ティリスさんにそっくりです」

「そうですか？　お父様にもそう言われましたが……」

レイニは自分の頰に触れて、物思いに耽《ふけ》るように目を細めていた。

それから墓参りは恙《つつが》なく終わり、孤児院へと戻った私たちは客間に通された。

院長が用意してくれたお茶で喉を潤しつつ、今日の本題を切り出す。

「院長、早速だけどティリスさんについて知っていることを教えて欲しいんだ」

「私で良ければ、微力ながら力になりましょう」

「ありがとうございます、院長」

「構いません。……罪滅ぼし、という気持ちもありますから」

「院長……それは」

「まだレイニお嬢様がこちらにいらした頃、レイニさんを巡って刃傷沙汰《にんじょうざた》が起きました。その時、私は助けるどころか一緒になって酷《ひど》い言葉を投げかけてしまいました……今更ですが、とても後悔しています」

「仕方ありません。私が悪かったのですから……」

「いえ！　あれは子供の諍《いさか》いというだけで済まない話でした。私がもっと冷静でいられたら何か良い解決方法があったんじゃないかと、そう考えてしまうのです……」

罪を告白するように院長はそう語って、浮かんだ涙を指で掬《すく》った。

刃傷沙汰にまでなる程、か。無意識だったとはいえ、ヴァンパイアの力で巻き起こされた騒動を思うと胸が痛くなる。

「院長。当時のことはどうしようもなかったんです。こうして悩んで頂けたこと、そして母の墓を綺麗に保ってくれたことで私からの蟠《わだかま》りはありません」

「……レイニお嬢様の広い心に感謝致します」

レイニが落ち着いた様子で院長に告げると、院長は深々と頭を下げた。

レイニから許しを得られたことで気持ちが落ち着いたのだろう。院長の表情は穏やかなものへと変わった。

「それで、その、母のことについて何か知っていれば教えて欲しいのですが」

「ティリスさんについてですね。あの方のことは今でも忘れられません。喩《たと》えるなら雨上がりの晴れ間のような、そんな空気を纏《まと》っていました。物腰も柔らかくて優しく、とても印象に残る方でした。そんなティリスさんにくっついてニコニコ笑っているレイニお嬢様も本当に愛らしかったです」

「そ、そうだったんですか？　昔のことはあまり覚えていないので……」

「まだ小さな頃でしたから。すぐにティリスさんを亡くしてしまいましたし……」

「ティリスさんとはいつ出会ったのですか？」

「ティリスさんとお会いしたのは、孤児院にレイニお嬢様を預けるために訪れたのが最初です。当時の院長も驚いておりましたよ。何でも彼女は不治の病を患《わずら》ってしまったので、一人残してしまうレイニお嬢様を預けるために孤児院を訪ねたそうなのです」

「不治の病ですって？」

興味を惹《ひ》かれたのか、ずっと黙っていたティルティが身を乗り出し始めた。

「はい。それで自分が亡くなった後、レイニお嬢様を預かって欲しい、と……」

「どんな病なのかは聞かなかったのですか？」

「はい。私も最初は訝《いぶか》しく思いました。不治の病と言っていましたが、本当に病気を患っているのか疑ってしまいそうな程に堂々としていたので……」

「堂々としていた……？」

「そうです。普通、死を前にした人間は影を背負うものですが、彼女は己の死を受け止めた上でレイニお嬢様の行く末のために手を尽くしているようでした」

ティリスさんは病を患い、自分の死期を悟っていた？　だから一人残していくことになるレイニが生活に困らないように手を尽くしていた？

ティリスさんはほぼ確定でヴァンパイアだ。普通の人だったら聡《さと》くて覚悟を決めた人だという印象になるけれど、気になることがある。

どうしてティリスさんは、レイニにヴァンパイアのことを教えなかったのか。

自分がいなくなった後でレイニがちゃんと暮らしていけるように手を尽くしている姿と、ヴァンパイアのことは何も教えなかったという事実が私の中で噛《か》み合わない。

「……ティリスさんとは、他にどんなことを話した覚えがありますか？」

「実は、あまり詳しい話まではしていないのです。レイニお嬢様まで病にかかっているのかもと不安だったものですから……」

「あぁ……それは確かにそうですよね」

「もしレイニお嬢様が何らかの病を患ったり、問題が起きた際に使って欲しいと多額のお金を寄付されてから、宿に籠もりきりでして……」

「断り切れなかった、と？」

「はい。当時、経営が苦しかったので。幸い、レイニお嬢様は健康でした。すぐにレイニお嬢様を受け入れることが決まった後、ティリスさんは亡《な》くなってしまい……」

「結局、詳しい話を聞けなかったということね？」

「はい……先程も言いましたが、とても病人のようには見えなかったので、そんなすぐに亡くなるとは思ってもいなかったのです」

「病人に見えない、ねぇ……」

「最後も本当に眠るようにお亡くなりになられました。一体どんな病気だったのか、今となっては何もわかりません」

「お金以外に預かったものとかもない？　何か遺品とか……」

「いいえ、何も。身辺整理はここに来た時に済ませていたのか、ほぼ換金してしまっていたようでして……」

「そっか……」

これ以上、聞いても情報は得られそうにない。そう思って私たちは話を切り上げることにした。

現時点で私のティリスさんに対する印象はとにかく摑《つか》み所がない人だ。

行動から真意を読ませないというか、謎が多い。その割には人と打ち解けるのが上手で、不思議な人という印象を与えているように思える。

一体、ティリスさんは何者で、何を思いながらレイニを孤児院に預けたんだろう？

シアン男爵の元を去った理由も想像の範囲を超えないし、なんだかもどかしく感じてしまう。

「院長、お話を聞かせて頂いてありがとうございました」

「……レイニお嬢様が明るさを失わずにいてくれて本当に良かったです。この孤児院を出てからの生活も楽ではなかったでしょう？　風の噂《うわさ》でシアン男爵に引き取られたと聞いて、気になっておりましたが……良き出会いに恵まれたようですね」

心から安心したように微笑《ほほえ》む院長。そんな院長に対してレイニも笑みを浮かべた。

「はい。とても良くして頂いております」

「本当に良かった。これからもどうかお元気で、レイニお嬢様」

「院長も、どうかお元気で」

＊＊＊

孤児院を出て、私たちは今日の宿で身体《からだ》を休めていた。

部屋割りは男女で別れて、ガッくんとナヴルくんは隣の部屋だ。

ティルティは先に眠ってしまったのか、ベッドに横になって静かにしている。

レイニは何か思いを馳《は》せるよう窓際《まどぎわ》に腰かけて外を眺めている。なんだか放っておけなくて、私は声をかけた。

「詳しい話が聞けなくて残念だったね、レイニ」

「いえ、何も聞けなかったよりは良かったです」

「……そっか。なら良かった」

そこで一度、会話が途切れてしまう。少し間を置いて、今度はレイニから聞いてきた。

「……アニス様は時々、怖くなりませんか？」

「うん？　一体、何が？」

「今、幸せなことがです」

レイニは目線を落とすように俯《うつむ》いた。儚《はかな》げな横顔は、触れてしまえば今にも消えてしまいそうだ。

「私はずっと、幸せというものを感じたことがなかったんです。孤児院を転々とする生活も、お父様に引き取られてから貴族として生きなきゃいけなくなってからも大変でした。幸せなんて感じることが出来ない日々が過ぎていって……」

レイニは微笑んでいるけれど、同時に泣いているようにも見えた。

昔、こんなレイニの表情を見たことがある。アルくんの婚約破棄について、事情聴取で謁見した時と同じ表情だ。

儚くて、全てを諦めているように見える表情。ただ流されるまま、何も期待することが出来ないような、そんな表情だ。

「私は今、凄《すご》く幸せなんだと思います。ユフィリア様に償うことが出来ましたし、アルガルド様とも和解出来ました。そして、何よりイリア様とも想《おも》いを交わすことが出来ました。やり甲斐《がい》があることも見つけて、本当に幸せだって思うんです。でも……」

「……でも？」

「お母さんはどうだったんでしょうか？　私を授かって、お父様に何も言わずに姿を消して、そうして産んだ娘を育てながら旅をして……幸せだったんでしょうか？」

「……レイニ」

俯かせていた顔を上げて、遠く窓の外を見るようにレイニは目を細めた。

「もし幸せだったなら、どうして離れてしまったんだろうって。そう考えると自分が普通の人間じゃないことを思い出してしまうんです。私はヴァンパイアで、イリア様は人間です。このまま普通に生きてたら、イリア様の方が先にいなくなるとか、そんなことを考えてしまうんです」

「レイニ、それは……」

ヴァンパイアは、永遠を求めた人間が行き着いた執念の結晶だ。

今でも彼女は人の生き血を啜《すす》らなければ生きていけない。それが自分と周囲の人の違いを嫌でも思い知らせてくるんだろう。

そして、いつか自分が愛《いと》おしい人を置いていくとわかってしまうからこそ、一度考えてしまったら思考から抜け出せなくなるのも想像が出来る。

「今が幸せだから、その幸せが失われてしまうのが怖くなって、これ以上幸せになるのが怖くなって……時折、どうしようもなく逃げたくなるんです」

わかるよ、と言ってしまって良いんだろうか。その迷いが、レイニへ投げかける言葉を掻《か》き消していく。

私が黙っているとレイニが私へと視線を向けた。淡く儚い微笑みを浮かべたまま、彼女は私に問いかけた。

「アニス様は、考えたことがありますか？」

「……何を？」

「──アニス様も……ユフィリア様を置いていっちゃいますよね？」

……あぁ。レイニの言う通りだ。私は、ユフィよりも先に死ぬ。

あの子を一人、残していってしまう。そんな想像をしたら胸が苦しくて、暴れ出したくなるような震えが身体の奥底から湧き上がってくる。

でも、その衝動が私を傷つけることはない。その問いに対する返答も、覚悟も、既に私はしているから。

「レイニ。私は、ユフィのためなら何でも出来るよ。もしも、人間を辞めることになったとしてもね」

私はレイニに真っ直《ま》ぐ《す》視線を向けながら告げる。レイニもまた、真っ直ぐ私を見つめていた。

「そもそも、ユフィに人であることを捨てさせたのは私だから。それでユフィを置いていくなんてことは……考えたことはない。必要なら人間を辞めてもいい。そう思ってる」

「……アニス様は凄いですね」

レイニは自嘲するように笑ってから、視線を落とすように私から目を背けた。

「私は怖いです。……一緒にいるだけなら、ヴァンパイアになってとお願いしてしまえば良いんです。でも、そこまで望んで、いざ私がイリア様を幸せに出来るかどうかわからなくなります。それが怖くて……」

「怖くても良いんじゃないかな？」

打ち明けてくれた思いに、私はそう返答する。

私の返答を聞いたレイニは、迷いを浮かべながら消え入りそうな声で呟《つぶや》く。

「……良いんでしょうか？」

「人は怖いから慎重になれる。無謀も時には必要かもしれないけれど、無謀なことばかりするのは良くない。怖いという気持ちを忘れないまま、踏み出すための勇気を得られるように。そんな風に生きられたら良いんじゃないかな」

レイニの傍《そば》にまで寄って、肩に手を置きながら告げる。

「それに、私はもっとレイニとも一緒にいたいよ。ユフィと一緒に生きる中で、レイニがいて、そこにイリアもいてくれるなら、私は凄く幸せになれると思う。ワガママだと思われても、そんな未来があるなら掴みたいって思える。レイニはどう？」

私の問いかけにレイニは何も言わず、唇を引き結んだ。暫《しばら》く黙っていたレイニは、ゆっくりと顔を上げて私を見た。

その時には、レイニの表情は雨上がりの朝のように澄んだ笑みへと変わっていた。

「そうですね、私もそんな未来があるなら、本当に幸せだと思います」

「心の底から幸せだと思えるから、手に入らないのが怖くなっちゃうよね」

「だから、遠ざけたくなってしまいたくなる……もしかしたら、お母さんもそうだったのかな」

「……かもしれないね。でも、それは大事な人を傷つけてしまうから。何も伝えず、何もわからないまま別れるのは、本当に辛《つら》いから」

私の脳裏に浮かぶのはアルくんの姿だ。この前の視察でちゃんと話し合って和解出来たけれど、何か一つでもズレていたら永遠にアルくんの気持ちを知ることが出来なかったかもしれない。

私は弱かった。自分の身を守ることも満足に出来なくて、与えられた責務を果たす方法も間違えてしまった。何より、アルくんと向き合うことをしなかった。

これは私の罪だ。思い出せば一生後悔し続ける傷だ。それでも後悔しているだけじゃいられない。私は生きているから。

だから、満足する人生を送るために努力を惜しまない。足を止めたくなることがあっても、最後まで進み続けなければならない。

大事な人たちが一緒にいることを望んでくれるというのなら尚更《なおさら》だ。だから向き合うことを恐れてしまっても、失ってしまうかもしれない可能性に怯《おび》えていても、目を背けてはいけない。

「何かを信じるって、本当に難しいね」

「そうですね……」

レイニと一緒に窓の外に広がる夜空を見上げる。そこには無数の星が輝いている。

「……アニス様は本当に凄いですね」

「どうかな。自分のことは案外見えてないものだからね。私から見れば、レイニは本当に良い子で、優しくて、しっかりしてるよ。だから、自分で選ぶべき道を見つけたら大丈夫だと思うよ。今はその道を確かめるために必要な時間なんだよ、きっと」

「……今、そんな人になれたらいいなって思えました。アニス様の言うような人になれたら、この不安も乗り越えられるでしょうか？」

「乗り越えられるよ、レイニならきっと」

私たちは夜空に視線を向けたまま、確かめ合うように言葉を交わすのだった。

＊＊＊

レイニが暮らしていた孤児院でティリスさんの墓参りを終えた次の日、私たちは更に東へと進んでいた。

レイニがシアン男爵から聞いた話によると、シアン男爵とティリスさんが出会い、拠点としていた冒険者ギルドがあるとのことだ。

もしかしたら、そこでティリスさんの話が聞けるかもしれないということで、私たちはその冒険者ギルドがある街、フィルワッハを訪れていた。

フィルワッハは〝黒の森〟のような精霊石の採掘地の候補の一つであり、東部の中でも大きい街だ。それ故、冒険者たちが集まる。

「フィルワッハの冒険者ギルドに来るのも久しぶりだねぇ」

「アニス様、ここでも活動してたんですか？」

「そうだね、ここでお世話になることが多かったよ。開拓は黒の森ほど進んでないけれど、他に比べれば人も魔物も集まりやすいから狩り場も整備されてるんだ」

そんな話をレイニにしながら、私たちは冒険者ギルドに到着した。

王都と比べれば小さいけれど、年季を感じさせる雰囲気が好きだったりする。

懐《なつ》かしさに目を細めていると、日傘を差したティルティが目を細めながらぼやいた。

「冒険者ねぇ……荒くれ者の集まりなんでしょ？　トラブルとか起こさないでよ？」

「真っ先にトラブルを起こしそうなティルティに言われたくありませんけど!?　もうそのセリフからして喧嘩《けんか》売ってるからね!?　それに私は引退したとはいえ、高位冒険者で尊敬される立場だったんですけど!?」

「何故に王女が冒険者をやっていて、更には高位の認定まで受けているんだ……？」

「そりゃアニス様だからだろう」

ナヴルくんが遠い目で呟き、それに対してガッくんがケラケラと笑っている。

ええい、私の過去の話はどうでもいいの！　大事なのはティリスさんの情報が得られるかどうかなんだから！　気を取り直して、私は冒険者ギルドの扉を勢い良く開いた。

「たのもー！」

「あん？　……おぉ、アニス様か!?」

「うわ、本物だ！　何しに来た、マローダープリンセス！　王城にいなくていいのか!?」

「冒険者は廃業したんじゃないのかよ！」

冒険者ギルドの中に設けられた飲食スペース、そこで食事をしていたり、酒を楽しんでいた冒険者たちが私に驚きの声を上げる。

その中に聞き捨てならない単語が交ざっていたので、私は眉を吊《つ》り上げて彼等《かれら》を睨《にら》む。

「私をマローダープリンセスって呼んだのは誰なのかな⁉　せめてマッドと呼べって何回言えば学習するのかな⁉」

「はっはっはっ！　すまんすまん！」

「許してくれよ、アニス様！　どうだ、一杯！」

「どうせお忍びなんだろ！　飲め飲め！」

「飲まないよ！」

まったく、この空間は相変わらずだと私は息を吐いてしまう。自然と頬が上がるのがわかってしまう。

これこそが慣れ親しんだ冒険者ギルドの空気だ。乱暴な時もあるけれど気安くて、何も気負うことなくありのままの自分でいられる。

久しぶりの感覚にしみじみとしていると、警戒を強めていたナヴルくんが小さく呟く声が聞こえた。

「……随分と慕われているのだな、アニスフィア王姉殿下は」

「まぁ、冒険者の方が本業なようなものだったものね」

「あっちの方がらしいったらあの人らしいよな」

ナヴルくんの呟きにティルティとガッくんが相槌《あいづち》を打っている。唯一、話に加わっていないレイニは苦笑を浮かべている。

私はこの空気を仕切り直すため、強めに手を叩《たた》く。

「はいはい、別に冒険者に復帰する訳じゃないわよ。それよりも聞きたいことがあるの」

「聞きたいこと？」

「シアン男爵が昔、ここを拠点にして冒険者をやってたって話を聞いたんだけど」

「おぉ、ドラグスのことか。アイツも出世してめっきり顔を見なくなったからな」

シアン男爵の名前を出すと、何人かの冒険者が懐かしそうに陽気な声を上げた。年齢はシアン男爵と同年代か、少し上といったくらいだろうか。

「シアン男爵なら、王城で騎士相手に剣の指導したり、私が使っていた魔道具の使い方を覚えてそっちを教えたりもしてるわよ」

「ハッハッハッ！　本当にアイツも出世したもんだな！　それもまさかアニス様から仕事を引き受けてるとは！」

「我らが冒険者の星たる二人に繋《つな》がりが出来たってことか！　これはめでたい、つい酒が進んじまうな！」

「理由がなくても勝手に飲むでしょ、貴方《あなた》たち」

「違いねぇ！」

ゲラゲラと笑いながら、冒険者たちはお酒を一気飲みして追加の注文を頼んでいる。

私はカウンターの方へと向かい、懐《ふところ》から財布を取り出した。幾つか金貨を給仕《きゅうじ》の子へと渡す。

「えっ、あの、金貨、えっ⁉」

「受け取って。今日は私の奢《おご》りってことで、彼等にお酒を出してあげて」

「太っ腹じゃねぇか、王女殿下！　いや、もう王姉殿下って呼べばいいのか？」

「気前が良い我らがプリンセスに乾杯しようぜ！　アニス様も飲め飲め！」

「だから飲まないって」

すっかり盛り上がって出来上がっている冒険者たちに私は苦笑を浮かべてしまう。本当に現金な人たちだよ。扱いやすいって言えば扱いやすいんだけどさ。

「それで聞きたいんだけど、シアン男爵がここを拠点にして冒険者をやっている時によく連《つる》んでた女性の冒険者がいるって話を聞いたんだけど、知ってる？」

「おぉ、ティリスのことか？」

私が問いかけると、シアン男爵の名前を出した時に反応をしていた壮年の冒険者の一人がティリスさんの名前を口にした。

レイニがぴくりと反応して肩を揺らす。それを横目で確認しつつ、私は壮年の冒険者へと視線を向ける。

「そう、そのティリスさん。彼女について知っていることがあれば教えて欲しいの」

「ティリスについて？　なんでまた？」

「私の母なんです。生きていた頃の話が聞きたくて……」

レイニが私の隣に並んで壮年の冒険者へと声をかけた。

するとは壮年の冒険者は目を丸くして、それから驚いたように仰《の》け反った。

「ティリス⁉　……じゃ、ないな⁉　ティリスにそっくりだが、母親と言ったか？　お嬢さん、あのティリスの娘なのか⁉」

「レイニ・シアンと申します。お父様……ドラグス・シアンの娘です」

「ドラグスとティリスの娘ぇ⁉」

壮年の冒険者は声が裏返ってしまいそうな程に驚き、大きく叫んだ。

驚いたのは彼だけじゃなくて、他にも何人かの冒険者が驚きを露《あら》わにして固まっていた。

視線がレイニに集中して、軽くレイニも仰け反ってしまっている。

「はぁ⁉　お、おぉ⁉　娘⁉　いや、確かにこのお嬢さんはティリスにそっくりって言えばそっくりだが、ドラグスの娘⁉」

「お嬢さん、ドラグスとティリスの娘なのか！　これは驚いたな……！」

「ドラグスにこんなかわいい娘さんがいるのかよ⁉　なんて理不尽な世の中なんだ‼」

「ぐぬぬぬぬ！　やはりやることはやっていたのだな、あの男！　どうしてドラグスだけが良《い》い思いをするのだ！　納得がいかぬ！」

「いや、それにしても見れば見る程に本当にティリスとそっくりだな……」

ざわざわと騒ぎながら、レイニの顔を見ようと冒険者たちが集まってくる。

咄嗟《とっさ》にナヴルくんとガッくんがガードするように間に入った。

「はいはい、少し落ち着いてね。この子はレイニ・シアン、シアン男爵家のお嬢さんだよ。今日、ここに来たのはレイニの母親であるティリスさんについて聞きたいことがあるの。彼女が母親について少しでも知りたいって言うからね、私はその付き添い」

「成る程、そういうことだったのか。いや、しかし驚いたな……」

落ち着きを取り戻した冒険者たちだったけれど、その視線はレイニへと釘付《くぎづ》けのままだ。注目が集まったせいで、レイニがどこか落ち着かなそうに肩を揺すっている。

「あの、母について何か知っていることがあれば教えて頂きたいのですが……」

「お、おう……そうは言ってもな、ティリスについてあまり話せることは多くないぞ？」

「ティリスは特に秘密が多い奴《やつ》だったからなぁ」

レイニに問いかけられた冒険者たちは困ったようにそう答えた。

「ティリスは摑《つか》み所のない不思議な女だったよ」

「人の懐に入ったり、喧嘩の仲裁なんかは見てて惚《ほ》れ惚《ぼ》れする程に上手だったから、自然と注目は集まってたんだよ」

「それで同年代で頭角を現していたドラグスと連むことが多くてな。仲も良かったし、そのまま結婚するんじゃねぇかとも思ってたんだが……」

口々に語られるティリスさんの話に私は眉を寄せてしまう。

人の懐に入り、喧嘩の仲裁が上手《うま》い。それでいて摑み所のない不思議な女性。

……これって、ティリスさんはヴァンパイアの力を使ってたんじゃないのかな？

「しかし、ティリスは前触れもなくいきなり消えちまったもんなぁ……ティリスがいなくなった後のドラグスは暫《しばら》く意気消沈して、当時は気の毒に思ったもんだ」

「いなくなった？　それも唐突に？」

「ティリスは誰かに何も報《しら》せることなく、急に姿を消したんだ。腕が良い冒険者だったからな、何かあったんじゃないかと皆《みんな》気にしたんだが……」

「よく連んでたもんだから、ドラグスがとにかく落ち込んでな。自分に何も相談せずにいなくなったことにかなりのショックを受けてたもんよ」

「あの、その時のお父様の様子ってどんな感じだったんですか……？」

「それはもう目も当てられねぇぐらいに沈んで荒れてたよ。ティリスがいなくなってから、ドラグスはとにかく我武者羅だった。貴族になれたのもティリスがいなくなった反動のお陰かもしれねぇ」

「縁談で良い嫁さんに巡り合って落ち着いたと王都の知り合いからは聞いてたんだ。沈んでた頃のドラグスを知ってたから、それは良かったと胸を撫《な》で下ろしたもんさ」

「はい、お義母様《かあさま》との仲は良好です。私にもとても良くしてくれて……」

「そうか。それなら良かったんだ」

心底ホッとした、という冒険者の反応にレイニは表情を柔らかくしている。

皆の話を聞いていると。シアン男爵は皆に慕われる良い冒険者だったんだなと思う。

レイニもそう感じたからこそ、表情が柔らかくなったのかも。

「それにしても、ドラグスの娘とは思えぬ可憐《かれん》な娘さんだ……」

「いやいや、それを言ったらティリスの娘とは思えぬ素直な娘だろう？」

「ティリスさんってそんなにレイニに似てたの？」

「おう、もう瓜二《うりふた》つってぐらいにティリスにそっくりなお嬢さんだ。むしろドラグスの娘って言われた方が信じられん」

「違いねぇ！」

　皆して酔いが回っているのか、ゲラゲラと笑い始めた。ここにシアン男爵がいたら叩きのめされちゃうかもよ、貴方たち。

「えーと、それでティリスについてだったな。あいつは浮世離れした女だった。かといって貴族とも違う。独特な空気を持っていて、冒険者としての腕はピカ一。どんな奴と組んでも成果を上げてくる。あのまま冒険者を続けてくれたならギルド長にだってなれたかもしれないな」

「それだけ有能な人だったんだ……」

　ギルド長というのは簡単になれるような立場じゃない。とにかく実績がないといけないし、人から慕われていないと下が付いてこない。

　その点、実力もあって人に慕われているということならティリスさんはギルド長に向いていたのかもしれない。

「シアン男爵とよく連んでたって聞いたけれど、二人は良い仲だったの？」

「ティリスは誰と組んでも合わせるのが上手い奴だったが、逆に自分に踏み込ませないように一定の距離を保っていてな。良い女だったから好意を向ける奴も多かったが、どいつも袖にされてたよ」

「ドラグスと一緒に連んでたのは、アイツがティリスに踏み込みすぎずに合わせていたからだな。傍目《はため》から見てもお似合いの二人に見えたぜ」

シアン男爵とティリスさんについて語る冒険者たちは、懐《なつ》かしそうだったり、悔しそうだったりと様々な反応をしている。

でも、そこに悪意のような感情は感じない。本当にそのままの気持ちを彼等《かれら》は語っているんだろう。それだけでもシアン男爵とティリスさんの思い出が良いものだったんだというのが伝わってくる。

「その内にティリスから自然とドラグスと一緒に組むようになって、このまま一緒になるんだろうなと思っていた。だからティリスが姿を消したって聞いた時は本当に驚いたよ」

「ドラグスのお嬢さん、レイニって言ったか？　その、ティリスは……？」

意を決したように冒険者の一人がレイニへと問いかけた。レイニは淡い笑みを浮かべてから、そっと静かに首を左右に振った。

「私を産んでから各地を旅して回っていましたが、私が幼い頃に病でそのまま……」

「……そうか」

深く重い溜息《ためいき》が静かに吐き出された。先程まで陽気に騒いでいた冒険者たちが悼《いた》むように、そして悲しげな表情を浮かべた。

「ティリスが病でなんて信じられないが、そうなんだな。こんなカワイイ娘さんを残して、誰も知らない内に逝《い》っちまったのか。まったく薄情な奴だな……」

最後の方は僅かに声を震わせながら悪態を吐《つ》いた冒険者。その空気に釣られるようにしてしんみりとした空気が流れる。

「しかし、ドラグスもお嬢ちゃんのことをよく見つけたもんだな！」

「ええ、偶々《たまたま》私が預けられていた孤児院に顔を出した時にすぐお母さんの娘だと気付いてくれて……」

「なんて運の良い奴なんだ！　しかも、恋人も妻も娘も全部カワイイって何なんだちくしょう！　ドラグス、羨ましすぎるぞー！」

「許せねぇぜ！　幸運男のドラグスに乾杯！」

「おう！　薄情者のティリスにも乾杯だ！」

しんみりとした空気を打ち払うようにジョッキを掲げて、酒を飲み出す冒険者たち。

これが冒険者なりの死者への振る舞いだ。悲しむ時は悲しんで、でも囚《とら》われないように笑って流す。冒険者は時にあっさりと命を落としてしまうから。引き摺《ず》って自分まで命を落とさないように。

私も気を取り直して質問する。まだ聞いておきたいことがいっぱいあるのだから。

「それで、ティリスさんってどこから来たとか知ってる？　出身とか、家族がいるとか」

「いや、聞いたことはねぇな」

「東から来たとは言ってたから、辺境の出身だとは思っていたが……他に何か知ってる奴はいるか？」

その場にいた冒険者たちが全員、首を左右に振った。誰も知らないようだ。

ティリスさんは念入りに自分の出自を明かしていなかったらしい。それに東から来たという話に引っかかりを覚えてしまう。

東の国境の先、その先ではヴァンパイアが暗躍しているという話を聞いたせいだろう。

ティリスさんは辺境から来たのではなく、東の先から来たんじゃないか。そう考えれば全ての辻褄《つじつま》が合う。

でも、ティリスさんが国境の先からパレッティア王国にやってきたヴァンパイアだったとして、その目的は一体何だったんだろうか……？

そんなことを考えている間に、レイニが冒険者たちにお礼を伝えていた。

「ありがとうございました。母の話を聞けて嬉《うれ》しかったです」

「いやいや、大したことを話せなくてすまなかった。レイニちゃんだったな、ティリスにそっくりだよ。これからもっと綺麗《きれい》になるだろう、将来が楽しみだな」

「おいおい、口説いてるのかよ！　年齢と立場を考えろよ！」

「その前にドラグスに吊《つる》されんぞ！」

「うっせぇぞ、お前等！」

ひやかすような声に怒鳴り声、それらはすぐに笑い声へと変わる。レイニも冒険者たちの空気に慣れてきたのか、穏やかに微笑を浮かべている。

これ以上、ティリスさんの話は聞けそうにもないし、お暇《いとま》しようかと思って声をかけようとすると、その前に壮年の冒険者が私へと声をかけた。

「そうだ、アニス様。まったく別の話なんだが……ちょっと妙な話があってな」

「妙な話？」

「雨期が明けた頃から魔物がおかしいというか、なんだか不気味なんだ……」

「……不気味？　どういう風に不気味なの？」

「あぁ、なんか異様に数が少ないんだよ」

壮年の冒険者は眉を寄せて、不可解だと言わんばかりにそう言った。私も話の内容に首を傾《かし》げてしまう。

「どういうこと？　魔物の数が少ないって……」

「そのまんまさ。狩り場に行っても魔物の数が少ないんだ」

「……スタンピードの前触れってこと？」

「いや、それとも空気が違う」

「スタンピードの空気じゃないって……それでも魔物の数が少ないの？　数が少ないって確かな情報なの？」

「あぁ、俺以外にもそう感じている奴《やつ》は多いぞ。かといってスタンピードの前兆のような空気もない。なんというか……もっと不気味なんだよ」

「あぁ、なんだろうな。うまく言えないんだが……不自然に静かすぎるんだよ」

私が話していた冒険者とは別の冒険者も話に加わってきて、似たような証言をしている。

つまり誰か一人の気のせいではない。

話に加わってきた冒険者も気味が悪いと言わんばかりに腕を擦《さす》りながら、声を潜めるように話を続ける。

「森に魔物の気配すらも感じられないんだ。森のざわめきって言えば良いのか、そういうのも聞こえなくてよ……」

「俺も似たように感じたな。森だけがそのままで、魔物だけが姿を消したような感じだ。しかも、明確にいなくなったという痕跡もないんだ。普通、スタンピードの前触れだったら縄張り争いの跡とか、何かしら残されるものだろう？」

冒険者たちの証言を聞いて、私は顎に手を当てて考え込む。

聞いた情報を頭の中で想像してみる。目撃数が減っている魔物、魔物の気配が絶えた森、そもそも痕跡自体が消えているようにさえ感じる。

「……ある日、魔物だけが突然いなくなった？　魔物以外の動物は？」

「……言われれば、魔物だけじゃなくて動物の数も少なくなっているかもしれないな」

「それは確かに不気味だね。スタンピードの前触れなら何らかの痕跡が見つかると思うんだけど、それもないってことだよね」

魔物が増えすぎた故に縄張り争いが起きていたりとか、住処《すみか》を移すための移動の痕跡だとか、スタンピードの前触れを確認出来るものは幾つかある。

そんな痕跡もないのに、魔物の数だけが減っている？　普通、そんなことは起こりえない。つまり、普通じゃない何かが起きている。

「森の異変について周知は？　警戒はもう呼びかけてある？」

「それはもうギルド長から注意が呼びかけられているからな。森には深入りしないように、かつ異常があったらすぐに見つけられるように巡回の依頼をギルドから出してくれている」

「それなら良かった」

「あぁ。これが俺たちの杞憂《きゆう》だと良《い》いんだがな、一応伝えておこうと思ってな」

「ありがとう」

情報を教えてくれた冒険者たちにお礼を伝えて、私たちは冒険者ギルドを後にした。

宿に戻る途中も私は眉を寄せてしまう。随分と不気味な情報を聞いてしまったものだ。

「うーん……森がおかしい、か」

「……アニスフィア王姉殿下、ここで切り上げて王都に帰還するべきでは？」

悩む私に対してナヴルくんが真剣な表情を浮かべて告げる。

「ナヴルくんは王都に帰還するべきだと思う？」

「私は冒険者にも、森にも詳しい訳ではありませんが……アニスフィア王姉殿下でも不気味に思う話なのだとすれば、何かしら異常が起きている可能性が高いです。であれば、まず御身の安全を考えなければ」

「……それはそうなんだけどねぇ」

ナヴルくんが言っていることは当たり前の話だ。私も身分を考えれば、危険を回避するために王都に戻った方が良い。

けれど、私は後ろ髪を引かれてしまって頷《うなず》くことが出来なかった。

冒険者たちから森の話を聞いてから、何故《なぜ》か嫌な予感がしているからだ。

本当に放っておいて良いのかと悩んでいると、額に軽い衝撃が走った。何事かと思って顔を上げると、呆《あき》れたような顔をしたティルティと目が合った。

「いたい！　何をするのさ、ティルティ！」

「はいはい、どうせ調べに行きたいんでしょ？」

「なっ⁉　何を言っておられるのですか、クラーレット侯爵令嬢！」

ティルティの言葉にナヴルくんが信じられない、と言わんばかりに声を荒らげた。

そんなナヴルくんに鬱陶しそうな視線を向けて、ティルティは息を吐いてから言った。

「お忍び中なんだから名前呼びで良いわよ。それにナヴル、アンタが言うことは至極まともなことなんでしょうけどね。相手が悪いわよ？」

「……それは」

「そこで目を逸《そ》らされると大変居たたまれなくなるんだけど？」

ティルティが呆れたように手を振りながら言うと、ナヴルくんは反論が出来ないというように私から目を逸らしてしまった。いや、自覚はあるんですよ？

「じゃあ、帰るって言ったら素直に帰るの？」

「……それは、ちょっと、気になって夜も眠れなくなりそうな感じがして、凄《すご》く嫌だなぁ、という感じで」

「はっきり言いなさいよ」

「調べてから帰りたいです！」

「でしょうね。良いんじゃないの？　視察の内容に含める、ってことで」

「ですが、私は反対です……」

ティルティに問い詰められて思わず本音を白状してしまう。

私の本音を聞いたナヴルくんは苦虫を噛《か》み潰したような表情を浮かべていて、絞り出すような声で反対を告げてきた。

「うーん……俺はアニス様なら大丈夫だとは思うんだが、立場としてはナヴル様に賛同するべきなんだよな」

「ガーク、お前も護衛なら反対してくれ……」

「そうなんですけどねぇ、かといってアニス様を説得出来る気もしないんで……」

ガックくんは賛成も反対もしない、という立場のようだった。私の実力は信頼してくれてるけれど、だからといって賛成出来ないのも立場を考えれば当然の話だ。

「アニス様、どうしても調べないといけませんか？」

レイニは私に真《ま》っ直《す》ぐ視線を向けて問いかけてきた。その視線がやけに強く感じたのは気のせいなんだろうか。

私は腕を組んで、もう一度考えを整理し、自分の気持ちを確かめる。

「……私は、今調べるべきだと思う」

「その理由は？」

「嫌な予感がする」

「うわ……出たわ、アニス様の嫌な予感……」

「嫌な予感、ですか……それは困りましたね」

私が嫌な予感がすると告げると、ティルティとレイニが眉を寄せて呻《うめ》くように呟《つぶや》いた。

そんな二人の様子にナヴルくんは訝《いぶか》しげな表情を浮かべた。

「どうしたんだ、レイニ？　ただの予感だろう？」

「アニス様の嫌な予感なんですよ……」

「こいつの嫌な予感はやけに的中率が高いのよ。しかも内容はだいたいろくでもないわ。もう何度も経験済みなのよ」

「そんなに……？」

ナヴルくんが疑わしそうに私を見た。そんな風に見られても私も困る。

「うーん、自慢出来る訳じゃないけど、嫌な予感を感じた時は割とろくでもないことにはたくさん遭遇してきたかな」

「……もし、その嫌な予感が本当に当たっているのだとしても、予感だという不確かなものを根拠に賛成する訳にはいきません。私はアニスフィア王姉殿下が森に出向いてまで調査するのは反対です。現地の冒険者たちも対応しているのですから、彼等《かれら》に任せても良いと思いますし、なんでしたら領主である貴族に一報を入れるのでも良いと思います」

「それは本当にご尤《もっと》もな話なんだけどね……」

「でも、それを言ったらこの前のパーシモン子爵領の森の視察も止めるべきだったたって話になりませんか？」

ガッくんが何とも言えない表情で言うと、ナヴルくんの表情が苦悶《くもん》に歪《ゆが》んだ。

「ぐっ……！　本来であればあれも有り得んのだ！　パーシモン子爵領には人員の余裕がなかったという事情があるから致し方ない面があった。しかし、幾ら腕が立って、経験や知識が豊富であってもアニスフィア王姉殿下の御身には代えられん！」

「まだ何か危険なことがあると決まった訳ではないし……」

「危険がある可能性が皆無でない以上、護衛として御身の安全を最優先にするべきだと私は考えますが、アニスフィア王姉殿下はどのようにお考えですか？」

ナヴルくんが真っ直ぐ私を見つめて問いかけてくる。こうも真っ直ぐに言われると何とも言えなくなってしまう。

実際、ナヴルくんの言っていることは間違いなく正論だしね。まだ問題や被害が発生した訳ではない。何かが起きているかもしれないというだけだ。

だから私が直接動くような場面ではない。理屈として正しい。でも、素直に頷けない。

「私の危険より、今後の安心を得られる方が重要だと思う」

「……貴方《あなた》の代わりになれる人などいないのですよ？」

「だから無理はしないし、必要以上に深入りもしない。森を調べて完全におかしいと思った段階で退《ひ》くから。本格的に調査が必要そうな場合、ユフィと相談して適切な人員を割り振る。それで納得して貰《もら》えないかな？」

「……そのように命じられるのなら、私は従います」

納得はしていない、というような表情でナヴルくんがそう告げた。若干の申し訳なさは感じつつも、私は森に入ることを決めた。

森がおかしくなった理由がすぐにわかれば良いんだけどね。こればかりは見てみないことにはわからない、と私はそっと息を吐く。

「森に入るのは私と……」

「私も行きます」

「じゃあ私も」

「……レイニ、ティルティ。調べるのは森の中だよ？　特にティルティは引き籠もりなのに大丈夫？」

「私とレイニはエアバイクで上から付いていけば良いでしょう？　森の中に入らないで、何かあればすぐに逃げれば良い。位置などは下から魔法を打ち上げるとかして報《しら》せる。それでどうかしら？」

「……なら、ナヴルくんはレイニとティルティの護衛としてエアバイクで同行して。森の中には私とガッくんで入るよ。三人は上から様子を探りながら付いてきて欲しい。森の中で降りれそうな場所を見つけたらそこで一度確認を取ろう」

「……わかりました」

「了解です」

ナヴルくんは溜息《ためいき》交じり、ガッくんは真面目そうに返答してくれた。

こうして、私たちはフィルワッハ近郊の森の調査に赴くことが決まったのだった。

3章　静かなる異状

私――レイニ・シアンはエアバイクに乗りながら眼下に見える森を見つめました。

フィルワッハ近郊の森に調査に向かうと決まった後、アニス様はすぐに準備をして森へと入りました。

フィルワッハ近郊の森は山脈群の麓にある豊かな森です。規模は狭いですが、精霊石の採掘地として有名な〝黒の森〟と似ていると言われています。

「アニス様とガークさんは大丈夫でしょうか……？」

「まだ森に入ったばかりでしょ。ほら、合図が上がるわよ」

私の後ろに座ったティルティ様が言うと、空に向かって魔法の弾が上がりました。

アニス様とガークさんは一定の時間ごとにこうして位置を報せてくれます。

魔法が上がったところまで近づくと、木々の間から小さくアニス様とガークさんの姿が見えました。アニス様が私たちを見つけると、大きく手を振ってきます。

「あの様子を見る限り大丈夫でしょ、高位ランクの冒険者だったんだし」

「それはそうなんですけどね……」

「そうよ。だから不機嫌になる必要はないのよ、ナヴル」

ティルティ様は私の横で滞空しているナヴル様にそう声をかけました。

ナヴル様は先程から何も喋《しゃべ》らず、ただ眉を寄せて森を睨《にら》んでいます。

「……流石《さすが》に楽観的ではありませんか？　ティルティ嬢」

「楽観的にもなるわよ、アニス様だもの。むしろお供をしているガークの心配をした方がいいんじゃないかしら？　振り回されるのも大変ね」

「護衛として当然の役割です。……素直にこちらの願いを聞いてくれる方ではないとしても、だからといって進言しなくて良いという問題ではないですから」

「一般的にはそれが正しいのでしょうね。騎士としてはご立派なんじゃない？」

「……何か含みのある言い方ですね、ティルティ嬢。私に何か言いたいことでもあるのでしょうか？」

「それならはっきり言わせて貰うけれど、ちゃんと相手を見て発言してるの？」

「テ、ティルティ様？」

あ、あれ？　なんだか唐突に空気が重くなったような……？　元より、ティルティ様とナヴル様の相性が好《よ》いとは思ってはいませんでしたけれど……！

でも、どうして突然こんな雰囲気になってしまったのかわからず、私は戸惑ってしまいました。

「私はアニスフィア王姉殿下に自身の立場を理解して頂きたいのです。今や、あの方は誰にも代えられぬ人になりましたから」

「ナヴルの言うことは正しいんでしょうよ。でも、それをアニス様に押し付けるのが正しいとは思わないわ。基本も常識も大事だけど、何事にも例外ってものがあるでしょう？　ちゃんとそういう考えに頭を使ってるの？」

「……私がアニスフィア王姉殿下にただ常識を押し付けていると？　では、私はどうするべきだと言うのでしょうか？」

「アニス様が追い付くまで、もうちょっと待ってあげればいいでしょう」

「……追い付く、とは？」

「あのね、そもそもアニス様は幼少期までしかまともな教育受けてないのに、それなりに王族らしく振る舞うことは出来るのよ。でも、それは出来るだけであって身についている訳じゃない」

「……それは王族としての意識が足りてない、ということでしょうか？」

ナヴル様が眉間に皺《しわ》を寄せて、唸《うな》るような声でティルティ様に問いかけます。

するとティルティ様は気に入らない、と言わんばかりに鼻を鳴らしました。

「それもあるわね。更に言うなら、今までいなかった臣下がいるということにも慣れていない。……だから臣下を信じることが出来てないのよ、アニス様は」

「……私が信頼されていないということですか？」

「違う。ナヴルが求めるような信頼をアニス様が出来るようになるには時間がかかるって話なのよ。アニス様は臣下を使った経験が全然足りてないんだもの。言ったでしょう？　アニス様は王族のフリは出来ても、王族の振る舞いが身についてる訳じゃないって。むしろ庶民の精神性に近いとさえ言えるわ」

「それは見ていてもわかりますが……？」

「なら、わかるでしょ？　経験もないんだから扱う方法も、どうやって信じていいのか、どう信じて欲しいのかまだよくわかってないのよ。根本的なところからズレてるのよ」

ティルティ様が告げた言葉にナヴル様は大きく目を見開きました。余程ショックだったのか、少しだけ呆然《ぼうぜん》としています。

「……そこまで言う程なのですか？」

「アニス様は今まで臣下なんかいない生活をしてたのよ？　臣下を使う、って経験が不足してるんだから信じるも何もないでしょう。そもそも、わからないんだから」

「……わからない、ですか」

ティルティ様は心底呆《あき》れたような溜息を吐《つ》いています。私はティルティ様の言いたいことが痛い程に理解出来ます。

だからこそ、私は釈然としないまま困惑しているナヴル様へと声をかけました。

「私はティルティ様の言いたいこと、なんとなくわかります。これはそもそも認識の違いの話なんです。この違いの摺《す》り合わせというのは本当に大変なんです」

「レイニ？　その、認識の違いとは……？」

「アニス様は、臣下が自分に当たり前のように付き従ってくれるものだと思っていないんですよ。だから、臣下の扱い方もわかってないということなんです」

「それは、アニスフィア王姉殿下が長らく王族として振る舞ってこなかったからでは？」

「そうよ。だから私たち、貴族にとっての当たり前がアニス様にとってはそうじゃない。それを考えた上で貴方は指摘してるのか、って言ってるのよ」

ティルティ様が少し苛立《いらだ》たしげに言うと、ナヴル様は眉を寄せて呻《うめ》きました。それから納得がいかない、というように口を開きます。

「……確かに私の思慮が浅かったのは認めます。ですが、同時にアニスフィア王姉殿下の立場は変わった筈《はず》です。臣下への振る舞いを覚えて頂くことも大事では？」

「アニス様の立場が変わったから、何？　今まで距離を置いていた人をそれで信じられるの？　これまで厄介者扱いされてきたのに？」

「……それは」

「口では気にしないと言うわよ、アニス様なら。それが日常だったんだもの。失格の烙印《らくいん》を押された王族、厄介者のキテレツ王女。人間不信になって当然よ」

「人間不信、ですか。あのアニスフィア王姉殿下が……」

「お人好しに見えるけれど、心の壁は割と分厚い方だと思うわよ。実際、貴方もアニス様から信頼されてないって感じてるから不満に思うのでしょう？」

「……仰《おつしや》る通りです。信頼頂けないのも今までの積み重ねと言われれば何も否定出来ません。ですが、だからといって今の振る舞いをそのままにしておくことは出来ないではありませんか。アニスフィア王姉殿下を取り巻く状況も変わり、認めている貴族も増えました。今や、あの方にしか成し遂げられないものがあります。それを自覚して頂かなければ、結果的にアニスフィア王姉殿下が困るだけです」

「頭が固い男ね……」

「ま、まぁまぁ……ティルティ様もナヴル様も少し落ち着いてください」

少し熱が入ってきた二人の間に入り込むように私は声をかけます。

「ナヴル様。正しいことだとしても、それをアニス様が受け入れられるのに時間がかかるので方法を考えろ、ということをティルティ様は伝えたいのだと思います」

「……私とてアニスフィア王姉殿下が長らく王族として扱われず、今の状況に慣れていないのは理解してはいる。だが、いつまでも付け焼き刃のままではいけないだろう？」

「でも、ずっと自分を虐《しいた》げてきた人たちを信じられる訳がないじゃないですか」

敢《あ》えて厳しい言葉を選んで私はナヴル様にそう言いました。するとナヴル様はギョッと目を見開いて私を見ます。

「ナヴル様は、アニス様が貴族に抱いている不信感も考慮されていますか？　アニス様はずっと貴族に後ろ指を指されてきたんです。待遇が改善されて、幾らか不信感は拭えたと思いますが、まだ完全ではないと思います。心の傷はそう簡単に癒えませんから……」

「……それは、その通りだ」

「私はナヴル様が言っていることが間違いだとは思っていませんよ。けれど、正しい振舞いを身につけるためには努力しなければ無理ですよね？　そのために教育があって、実践して、経験を積まなければなりません。アニス様は他の人よりも経験が全然足りていないんです。だからティルティ様は追い付くまで待っててあげよう、追い付かせたいのであれば、方法をもっと考えないと駄目なんだと言ってるのだと思います」

ちらりとティルティ様を見ると、ふて腐れたようにそっぽを向かれてしまいました。

ナヴル様は苦悩するように表情を暗くして、大きく溜息《ためいき》を吐きました。

「……難しいな。どうすれば良いのか、まったくわからない」

「ナヴル様はガークさんと自分のどちらがアニス様に信頼されていると思いますか？」

「……私にガークのように振る舞え、と？」

「違いますよ。私がナヴル様に助言出来るとしたら、アニス様との関係を型に嵌《は》めないで考えてくださいということです。ナヴル様から見て、アニス様が信頼している人たちは皆、型に嵌まった関係に見えますか？」

「……いいや」

「皆、アニス様個人を見ていて、アニス様だから信じたいと思って付いて来てくれるから、アニス様だって信じてくれるんですよ。私もアニス様が王女だからお仕えしている訳じゃありません。別にナヴル様が考えた上で、それでも王女と臣下としての関係を大事にしたいならそれで良《い》いと思います。それも必要なことではありますから」

「そうか……」

「ただ、主従の関係に拘《こだわ》るならアニス様を傷つけかねないということだけは覚えておいてください。だからティルティ様が怒ってるんですよ。アニス様のお友達ですから」

「余計なこと言うんじゃないわよ、レイニ」

「いひゃいいひゃい」

後ろから手を伸ばしてきて、ぐいぐいと頰を伸ばしてくるティルティ様。

摘まれた頰が痛いけれど、エアバイクから手を離せないのでされるがままになるしかありません。

ナヴル様は眉間に皺を寄せたまま、深々と溜息を吐きました。

「……私にとってはとてつもない難題だ」

「人と関係を築くのは簡単なようで難しいことですよね。アニス様も色々と複雑ですし。だからナヴル様も自分の気持ちを素直に伝えれば良いと思います。アニス様に王族としてお仕えしたい。その上で信頼して欲しいし、立ち振る舞いを覚えて欲しいと」

「……言っているとは思うが」

「ナヴル様は義務から言っているみたいにしか見えないので。だからアニス様が嫌がるんですよ。心からの思いを込めて言えばきっと通じますよ」

「……そういうものなのか」

「まぁ、アニス様には素直に言うのが一番有効なんじゃないかしらね。あいつ、気持ちが見えそうにない相手には距離を取るもの」

私とティルティ様の言葉にナヴル様は考え込むように眉を寄せながら黙ってしまいました。少し気の毒ではありますが、これればかりはナヴル様なりに方法を考えて貰《もら》わないといけません。

アニス様は凄《すご》い人だけれど、ただ凄いだけの人じゃありません。

弱い一面もあって、ちゃんと知った上で支えになっていかなければいけない。だからこそ、ナヴル様も彼なりの答えが見つかることを祈るしかありません。

（アニス様たちは大丈夫かな……？）

眼下に広がる森はどこまでも静かで、今はまだ風の音しか聞こえてきませんでした。

＊＊＊

「ふえっくし！」

「アニス様、寒いですか？」

「まだ雨期が明けたばかりだから、ちょっとね」

心配そうに声をかけてくるガッくんに返事をしながら、私は目を細めて森を見つめた。

フィルワッハ近郊の森に入り、奥に進むにつれて表情が硬くなっている自覚がある。

それにガッくんも気付いていたんだろう。少し控え目な声で私に話しかけてくる。

「……アニス様、どう思います？」

「はっきり言っていい？」

「どうぞ。多分、同じ感想ですけど……」

「めちゃくちゃ気味が悪い」

「ですよね……」

私はガッくんと顔を見合わせてから、互いの認識が一致したことを確かめ合う。

「いや、これは冒険者たちが気味悪がるのも当然ですよ。不気味すぎます」

「こんなに静かなのは流石《さすが》に不自然だ。生き物がいないし、見当たらない……」

「魔物どころか、獣や鳥の気配までないですからね。ここまで気配が感じられないだなんて、ここは本当に森の中なのか疑いますよ……」

私とガッくんがおかしいと判断している理由は、不自然なまでに森が静かだから。

獣がいない。鳥すらもいない。生き物の痕跡は残っていても時間が経過しすぎている。

広くて豊かな森の筈なのに、風に揺れる木々の音しか感じられない。

まるで生命の息吹《いぶき》がなくなってしまったかのような、不自然なまでの静寂。嫌な予感が膨れ上がっていくばかりだ。

「スタンピードの前兆って感じではないですよね？」

「違うね。スタンピードの前触れよりも不可解で、更に言うなら不吉だ。この森で何かが起きているのはもう間違いないけれど、私が知る限り前例がない」

「……どうしますか？　一度合図をして、引き上げます？」

「……もうちょっとだけ奥に行ってみよう。原因の手がかりがあれば良いんだけど」

ナヴルくんと深入りはしない約束をしたけれど、何か手がかりでも摑《つか》まないと不安だけが残ってしまう。若干の申し訳なさを感じつつ、私とガッくんは森の奥へと進む。

どれだけ進んでも獣や鳥が見当たらず、ただ静まり返っている。私とガッくんの歩く音がやけに大きく聞こえる。

「なんでこんな不気味な状態になってるんでしょうかね……？」

「それがさっぱりわからないから困ってるんじゃない」

「ですよね……仮に何かに襲われたり、追い立てられたりしているなら何かしらの痕跡が残りますし」

「痕跡が何も見つからない。原因になり得る魔物すらいない。この状況そのものが気持ち悪いね。何か手がかりが見つかれば違うんだけどねぇ」

私はガッくんと軽口を交わしながら森の中を進む。

ガッくんの言う通り、どうやったら森の中から生き物の痕跡が消えるというのか？

まるで、ある日突然いつもの生活を送ったまま、獣が消えてしまったような……。

そんな時だった。私は僅かに鼻を擽《くすぐ》った臭いに足を止める。

「アニス様？」

「静かに、ガッくん」

足を止めた私に訝《いぶか》しげにするガッくんにそう声をかけて、私は意識を集中させた。

先程感じた臭いは間違いなく、血の臭いだ。臭いを消そうとしたのか、かすかにわかる程度でしかないけれど。

私が静かに血の臭いのする方へと向かうと、ガッくんも察したように気配と物音を消すように付いてきてくれる。

どれだけ歩いただろうか。暫《しばら》く歩いた先で、私は臭いの原因を発見した。

「……な、なんだよこれ」

「酷《ひど》いね……」

それはもう惨劇の現場としか言いようのない状態だった。

無理矢理引き千切ったようにバラバラにされた魔物の死体。貪られたかのように一部がなくて、食えないと判断された部位が無造作に捨てられたような、そんな印象だ。

「あまりにも雑すぎる。食べられるところだけを貪ったみたいだ……」

そして、もう一つ気になる点がある。それは魔物の死体が焼け焦げているという点だ。この魔物を焼いてから殺したのか、それとも殺してから焼いたのかわからないけれど、あまり普通の魔物には見られない行動だ。

「肉を火で焼いて食べるなんて、人間みたいなことをする魔物ってこと？」

「……そんな魔物、いるんですか？」

「普通はいないよ」

異常な状況だ。そして、他に何か手がかりとなる痕跡がないか探そうとした時だった。

首筋に火を当てたような、そんな違和感が走る。それは殺気だ。身体《からだ》がすぐに反応して、セレスティアルを引き抜く。

「──アニス様、危ねぇ！」

ガッくんが警告するのと同時に、私に向かって何かが飛んできた。私はセレスティアルを咄嗟《とっさ》に盾にする。

飛んできたのは人の拳ぐらいの大きさの石だ。地面に落ちた石はプスプスと音を立てて木の葉を焦がす程の熱を放っている。

一体何がこんな石を投げたのかと思い、石の方向を睨《にら》むように視線を向ける。

そして──森の奥から姿を現したのは頭部に牛のような角のある人だった。

鍛え上げられた肉体も合わさって、とても普通の人には思えない。更に異常な点はその身体に炎を帯びている点だ。

「なんだ、こいつ……⁉」

「人型の魔物にしては人に似過ぎてる……まさか、亜人⁉」

「オォ、オォァァアアア──────ッ‼」

私とガッくんが困惑していると、炎を帯びた異形の男が吼《ほ》えた。

嘆き、怒り、憎しみ、そんな感情を無秩序に混ぜ込んだ咆哮《ほうこう》が鼓膜を震わせて、熱気が更に膨れあがる。下手に息を吸い込めば喉が焼かれてしまいそうな程だ。

空気を震わせるような叫び声を上げて、炎の異形が私へと拳を振るう。私は素早く後ろに退いて距離を取る。

入れ替わるようにガッくんが前に出る。煩わしいというように炎の異形が腕を振るい、ガッくんの剣とぶつかる。そして響き渡ったのは、甲高い金属音だった。

「ッお……！　かってぇっ⁉」

思ってもみなかった衝撃を受けてガッくんが体勢を崩す。それを見逃さず、異形の男が繰り出した蹴りがガッくんの腹へと叩《たた》き込まれる。ガッくんは咄嗟に地面を蹴って後ろに跳ぶことで受け流した。

しかし、ガッくんが距離を取ったことで再び男の狙いが私へと移る。

「はぁ――ッ！」

私は魔力刃《まりょくじん》を展開して斬り払おうとした。魔力刃は炎を払い、腕へと刃を食い込ませる。そのまま腕を断ち切ろうとするも、抵抗が激しくて刃がそれ以上進まない。

「アニス様！」

「ガッくん！　ティルティたちに合図を！」

押し合いをしながら私はガッくんへと指示を出す。私の指示を受けたガッくんが素早く空へと魔法を放つ。

予《あらかじ》め決めておいた緊急事態を報《しら》せる三発連続だ。これで上空で待機しているティルティたちが駆けつけてくれるだろう。

「グォァア――ッ⁉」

私を引き剝がそうとするように全身の炎が膨れあがり、再び熱気を爆発させた。

腕を斬り落とせないと判断した私は、足で異形の男の腹を蹴り飛ばす。炎が燃え移るかもしれないけれど、一度距離を取るためには仕方がない。

私の蹴りを受けた異形の男はよろめくも、すぐに体勢を立て直して私を殴り飛ばそうと拳を振るう。

「この――ッ‼」

私は迫る拳を打ち返すようにセレスティアルを振り抜く。魔力刃は炎をあっさりと切断するも、本体である腕に食い込めば抵抗されてしまう。

それでも無傷という訳ではないのか、魔物の腕についた傷から血が溢《あふ》れた。一撃を貰ったことで怯《ひる》んだのか、今度は異形の男が大きく後ろへと跳んで下がる。

「……ッ、あっつ……！」

熱気が離れたことで私は一度大きく息を吐いた。全身に炎を纏《まと》っているので、あまり近づくのはよろしくない。

距離を取りたいけれど、動きも俊敏で更には硬い。全身に纏っている炎はどうやら魔法によるものみたいだけれど、魔力刃で魔法は切り払えても硬い肉体で受け止められてしまう。面倒なことこの上ない。

（……厄介な相手だな）

でも、倒せない敵じゃない。もっとドラゴンの魔力を解放すれば倒せるだろう。出力さえ上げれば魔力刃で切断が可能だという手応えもある。

とにかく不可解な相手ではあるけれど、大人しくさせてから調べさせて貰うことにする。

そう思いながら私はセレスティアルを構え直す。

「――あぁ、困りますわ。こちらの獲物を横取りされるのは」

そこで突如聞こえた声。私は直感に身を任せて勢い良く後ろへと跳んだ。

次の瞬間、巨大な蛇が木々の間をすり抜けるようにして顔を出した。その蛇は異形の男へと向かっていき、木も纏めて巻き付いた。

「ウ、ウォォオオ――ッ！」

巨大な蛇に動きを拘束された異形の男が忌々《いまいま》しいとばかりに振り解《ほど》こうとしているものの、蛇もその分だけ締め付けて自由を許さない。

そして、木陰から姿を見せたのは女性だ。群青《ぐんじょう》色の長髪に、妖しげな光を纏う真紅の瞳。浮かべるのは妖しげな雰囲気を感じさせる微笑だ。

「魔物を操ってるのか……!?」

「ふふふ……本当に困りますの。私はただ、そちらの獲物を回収に来ただけなのですから。だから――見逃してくださいますよね？」

驚くガッくんに対して女性は表情を変えることなく言った。同時に真紅の瞳に宿る光が強くなり、強烈な違和感に襲われた。

こちらの認識に膜を張るような違和感、それは私が良く知るものだった。

「ガッくん！　〝魅了〟だ！　目を合わせないで！」

「ッ、わかって、ます！」

〝魅了〟。それは何度もレイニに体感させて貰《もら》った感覚と一緒、いや、もっと気持ち悪くて内側へと入り込もうとするような悍《おぞ》ましさを感じさせる魅了だった。

ガッくんも魅了に気付いて、軽く首を振って正気を保とうとしている。けれど、レイニよりも強烈な魅了に完全に抵抗出来ていないのか、目を隠すように押さえている。

魅了を使う、妖しい光を放つ真紅の瞳。つまり、この女性の正体は――！

「――アニス様！　何事よ！」

上空から声が聞こえてきて、エアバイクに乗ったティルティとレイニ、そしてナヴルくんが私たちのところまで降りてきた。

「これは、一体……⁉」

「気をつけて、その女はヴァンパイアで、しかも魔物を操ってる！」

「ヴァンパイア⁉」

ナヴルくんが驚くも、警戒を更に強めて女性――ヴァンパイアを睨んだ。

ティルティも表情を険しくして、レイニはただ驚いた様子でヴァンパイアの女を見た。

「貴方《あなた》たち、一体何者なのかしら？　どうしてヴァンパイアのことを知っているのかしら？　それに、その不思議な乗り物は……」

ヴァンパイアの女性も微笑を消して、目を細めながら私たちを見つめる。しかし、その表情がレイニを見た瞬間、驚愕《きょうがく》に染まった。

「……ティリス？　いえ、この気配は違う……でも、ティリスにそっくりだわ」

「え……？　お母さんを知っているんですか⁉」

「……お母さん？　ふ、ふふっ、ふふふ、あはは、アハハハハハハハハハッ‼」

まるで何かに納得したように笑い声を上げるヴァンパイアの女性。笑うだけ笑った後、彼女はギョロリとレイニを見つめた。

視線の圧があまりにも強くて、レイニが僅かに一歩下がってしまう程だった。

「ティリス、ティリスの娘！　裏切り者の娘！　そう、あの女の娘！　それならヴァンパイアのことを知られていても仕方ないわね！」

「う、裏切り者……？」

「ええ、ええ！　度し難《がた》い裏切り者よ！　変わり者も極めれば愚か者！　あぁ、でも可哀想《かわいそう》な子だわ！　ティリスの娘だなんて、なんて可哀想なのかしら！」

ぎょろぎょろと忙《せわ》しなく動く目が奇っ怪で、最早《もはや》不気味としか言えなかった。

私たちを見ているようで見ていないような、そんな気配すら感じる。そんな空気に誰もが声を発することが出来ない。

「その不思議な道具も気になるわね。そうね、ええ、そう、そうね。そうしてあげましょう。ティリスの娘、可哀想な娘、裏切り者の娘、私と一緒に来なさい？」

「え……？」

「貴方は何も知らないだけ。何も知らない憐《あわ》れな娘、私たちが貴方を許し、救ってあげるわ。だからこちらへ来なさい？」

「な、何を言っているのかわかりません！　母が裏切り者ってどういうことですか⁉」

「ティリスは裏切り者、私たちの崇高な使命を忘れた愚か者よ！　あぁ、そんなこともわからないだなんて、本当に憐れな子だわ！　だから人間如《ごと》きと一緒にいるの？」

悲劇を見てしまったかのようにヴァンパイアの女性は嘆いている。その言動から彼女がレイニを、そして私たちすらも軽んじているということが嫌でも伝わってくる。

「……人間如きとは随分言ってくれるじゃない。私たちが貴方に従うとでも？」

私が口を挟むと、ヴァンパイアの女性は少し落ち着きを取り戻したように微笑を浮かべて、両手で自分の頬を撫《な》でるように触れた。

「大丈夫、大丈夫よ。憐れな貴方たちの命は、私が綺麗《きれい》に呑《の》み込んであげますからね！」

ゆらりと、女性の足下の影が揺らめいた。影が揺らめいたかと思えば、女性の背後から何かが噴き出る。

それは血塗《ちまみ》れの肉の塊、捏《こ》ねくり回すような奇っ怪な音を立てながら形を成していく。

「何よ、こいつ……！」

「魔物が、身体《からだ》の中から出てきた……⁉」

ずるり、とヴァンパイアの女から剝がれ落ちるようにして蠢《うごめ》いたのは、魔物だった。

その全てが赤い瞳だった。その虚《うつ》ろな瞳が、一斉に私たちへと視線を向ける。

「さぁ、貴方たちも、私たちと一つになりましょう‼」

4章　混沌《こんとん》の化身

異様な光景だ。人の身体から生み出された魔物が、虚ろな目で私たちを見つめている。

ヴァンパイアの女は恍惚《こうこつ》の笑みを浮かべ、私たちに魔物の群れを嗾《けしか》けた。迫り来る群れの先頭集団を魔力刃で纏めて叩《たた》き落とす。

「皆《みんな》、下がりなさい！」

「アニス様⁉」

「魔物の相手は任せるわ、私はこの女の相手をする！」

相手はヴァンパイアだ。魅了がある以上、正面から相手に出来るのは私とレイニになってしまう。ガッくんやナヴルくんでは荷が重すぎる。

向かってくる魔物を斬り飛ばして、搔《か》き分けるようにヴァンパイアの女へと向かう。

「私を斬るつもりかしら？　本当に出来ると思っているの？」

ヴァンパイアの女は私を真《ま》っ直《す》ぐに見据えながら言った。その真紅の瞳に浮かぶ妖しげな光が揺らめく。

「もちろん、斬れるわよッ！」

「えっ？」

魅了を振り払いながら一歩、強く踏み込んだ私にヴァンパイアの女は予想外だと言わんばかりに目を見開く。

私が振り抜いた魔力刃をヴァンパイアの女は無防備に受けた。あまりにも隙だらけで、防御をする素振りもない。そして鮮血が舞った。

「あ、あぁ⁉　あぁあああッ⁉　痛い、痛い、痛い――――ッ‼」

脇から胸元にかけて逆袈裟《けさ》に斬り裂かれた傷を押さえて、ヴァンパイアの女が絶叫する。

更に追撃をかけようとしたけれど、それはヴァンパイアの女が生み出した魔物の群れによって妨害された。私は後ろへと跳んで、一度体勢を立て直す。

「ティルティ様！　ナヴル様！」

「わかってるわよ、合わせなさい！　ナヴル！」

「承知しています！」

後ろからレイニたちの声が聞こえてきた。ティルティが影を伸ばして魔物たちを拘束していき、ナヴルくんが風の魔法で逃げようとする魔物たちを追い立てていく。

動きを止めた魔物にトドメを刺していくのはレイニとガックくんだ。

二人は返り血を浴びてしまっていて、頰や服を赤く染めている。けれど、しかし……。

「くっそ、数が減らねぇ！」

「そもそも減らせていないんだ！　再生して起き上がってきてるぞ！」

「だから拘束して動きを止めてるんでしょうが！　あぁ、もう苛々《いらいら》するわねぇ！」

「ティルティ様、暴れるのはダメですよ！」

魔法の行使で気分が昂揚《こうよう》してきたのか、ティルティの瞳に危険な光が浮かび始める。

そんなティルティをレイニが睨《にら》み付けながら一喝すると、ティルティはハッとした後、苦悶《くもん》の表情を浮かべて首を左右に振った。

「無理矢理抑え付けられるのは気分が良くないわね……！　こっちはそんなに長くは保《も》たないわよ、アニス様ッ！」

「わかってる！」

私はこの状況を打開するためにヴァンパイアの女性へと視線を向ける。

私がつけた傷はそれなりに深かった筈《はず》なのにあっさりと再生されてしまっている。その顔に浮かぶのは怒りの感情だ。

「やってくれたわね、ただの人間風情《ふぜい》が！　けれど無駄よ！　さっさと抵抗を止《や》めて私たちと溶け合いなさい！」

「貴方には色々と聞きたいことがあるんだけどね。まぁ、ヴァンパイアだし簡単には死なないわよね？　降参するならさっさとしてくれたら私も助かるかな」

「さっきから舐《な》めた口を！　やりなさい！」

ヴァンパイアの女の身体の一部が再び肉が芽のように膨らみ、そこから這《は》い出《で》るように姿を現したのは人型の魔物、いや亜人だった。

驚きつつも反射的に魔力刃《まりょくじん》で両断してしまった。しかし、真っ二つにされた身体すらも異常な速度でくっついて私に群がろうとしてくる。

「無駄、無駄、無駄ぁ！　これが私たちの力なのよ！　私たちは不滅！　全にして一！　何者にも脅《おびや》かされることはない！」

「……貴方、まさか亜人たちを取り込んだの？　魔物と同じように？」

「そうよ！　全ての生命は私たちの元に集まり、祝福を受けるのよ！」

「祝福……」

「永遠の生命！　誰一人欠けることなき楽園！　下等な人間風情には到達出来ない理想の極致よ！　それを私が、私たちが、あの御方《おかた》が導いてくださるの‼」

ここにはいない誰かへと語りかけるようにヴァンパイアの女は饒舌《じょうぜつ》に語る。その間にも亜人たちは虚ろな瞳のまま、再生しながら私に襲いかかってくる。

亜人たちには意志は感じられない。まるで操られた人形のようだ。

「……これが、お前たちの理想だって？」

「そうよ！　この力があれば、あの御方がいれば私たちの大願は成就《じょうじゅ》される！　我らが祖を否定し、迫害した愚かなるパレッティア王国の民への復讐《ふくしゅう》よ！」

群がる亜人たちをどれだけ斬り飛ばしただろうか。埒《らち》が明かないと見たのか、ヴァンパイアの女の背から魔物が産み落とされる。

今度は異形の亜人を拘束しているのと同じ大蛇だ。それがチロチロと舌を覗《のぞ》かせながら私を見つめる。そして、その口が大きく開いて私に群がろうとしていた亜人ごと呑み込もうとする。

「……これが、お前たちのやり方？」

私は亜人を蹴り飛ばして大蛇にぶつけて、紙一重で大蛇を回避する。亜人たちは大蛇の牙によって噛《か》み潰され、鮮血を撒《ま》き散らしている。

「全ての生命は私たちの元へと束ねられる！　その先に、真なる永遠の王国が完成するの！　これこそ、魔法の真理へと辿《たど》り着いた永遠絶対な幸福への道よ！」

恍惚とした笑みを浮かべ、どこからどう見ても妖しげな雰囲気で語るヴァンパイアの女。

そんな彼女に私は深く溜息《ためいき》を零《こぼ》した。

「一歩間違えてたら、私も貴方《あなた》たちと同類だった訳だ……」

「……はい？」

仕組みはわからないけれど、このヴァンパイアの女は魔物を〝取り込んでいる〟。その取り込んだ魔物を何らかの方法で再生して、僕《しもべ》として扱うことが出来る。

彼女に操られている魔物は、もう命ですらないのだろう。ただ身体の一部のように扱われ、髪の毛や爪のように痛みもなく切り捨てられるもの。

なんて気持ち悪いんだろう。嫌悪《けんお》感に胸がざわめいてしまう。こんなにも命の在り方を顧みない在り方は醜悪だ。

けれど、私は彼女とどれだけ違うと言えるのだろうか？　私だって数多くの魔物を手にかけて、魔物の素材で様々な道具を生み出してきた。

魔石を素材にした魔薬や、ドラゴンの魔石を素材にした刻印紋。

私だって命を弄んでいるという点では、彼女と変わらないのかもしれない。

それでも、この女のようにはなりたくないと心の底から思ってしまう。

どれだけ彼女が私と近しい存在なのだとしても、あそこまで一線は越えたくない。

この嫌悪感が、私がまだ人であることの証明だと思いたい。

だからこそ、私は目の前にいる存在を許すことが出来ない。

「――〝架空式・竜魔心臓《ドラゴン・ハート》〟」

刻印紋に魔力を注いで、ドラゴンの魔力を叩き起こす。魔力を注ぐことで変色していく魔力刃を構えながら、私は強くヴァンパイアの女を睨み付ける。

私の視線に怯《ひる》んだのか、それともドラゴンの魔力に対して気圧《けお》されたのか、ヴァンパイアの女は一歩後ろに下がり、信じられないものを見るような目で私を見た。

「パレッティア王国がヴァンパイアの祖先を異端として迫害したことは知っている。でも、ご先祖様は間違っていなかった」

「なんだ……なんだ、お前は⁉」

「アニスフィア・ウィン・パレッティア。お前たちの祖先を追放したパレッティア王国の王女だ」

「王女……ですって⁉　王女が何故《なぜ》こんな辺鄙《へんぴ》な森の中に！　いえ、いえ！　それなら好都合だわ！　貴方をこのまま帰す訳にはいかない！　なら、これを我らが大願の一歩にするわ！　その罪を償え、パレッティア王国の王女‼」

混乱、焦燥、そして歓喜。ヴァンパイアの女が目まぐるしく表情を変えていく。

昂《たか》ぶった声で号令をかけて、彼女は私へと魔物の群れを嗾ける。

「――散れ」

女の指示を受けて迫ってくる魔物を、私は一つ残らず叩き落としていく。斬り裂くのではなく、挽《ひ》き潰すようにして吹き飛ばす。

夥《おびただ》しい程の鮮血の雨を抜けて、私はヴァンパイアの女との距離を詰める。

「まさか、これだけの数を以《もっ》てしても⁉　その力は一体、何なの⁉」

驚愕《きょうがく》の表情を浮かべるヴァンパイアの女。今度は防御しようと身構えている。私は彼女の問いに答えることなく、女の腕を斬り飛ばした。

「あぁっ⁉　ぐっ、でも、私たちはこの程度では――」

「――再生力頼みで私に勝てると思わないでよね」

何か喋《しゃべ》っている途中の女を、身体強化で威力を増した拳で殴り飛ばした。体勢を崩した彼女に私は更に追い打ちをかけていく。

斬る、潰す、削る。息を吐くのも惜しむように私はヴァンパイアの女を斬り刻んでいく。

だが、幾ら斬ってもヴァンパイアの女は再生を続けていく。

「ぐっ、あっ、まっ、ぎゃっ、ぁああっ⁉」

再生力をアテにしていたからなのか、彼女の動きはひたすら鈍い。

私の猛攻に晒《さら》されながらもヴァンパイアの女が重点的に守っているのは心臓と頭だ。心臓には魔石があるのだろうし、頭を潰されれば流石《さすが》に再生は不可能なのだろう。なら、私がやるべきことはただ一つだ。このまま全力で心臓か頭を潰せば良い。

「ヒッ⁉　な、何をしているの、お前たち！　この女を早く殺しなさいッ！」

「させるかよォッ！」

「やらせません！　〝ウォーターランス〟！」

ヴァンパイアの女が急所を護《まも》りながら悲鳴を上げるように叫んだ。

その声に反応して、魔物たちが一斉に向かってこようとする。けれど、それを防ぐように魔物を切り伏せたのはガッくんとレイニだった。

ガッくんは近くにいる魔物を斬り飛ばして、レイニは水の魔法で槍《やり》を生み出して魔物たちを地面に縫い止めるように動きを封じていく。

その後ろではティルティとナヴルくんも魔物の動きを止めようと奮闘している姿が見えた。私に注意が向いたお陰で他の皆《みんな》が自由に動けるようになったんだろう。

――でも、自由になったのは私たちだけではなかった。

「――ウォォオオオオオオッ！」

「ッ、わっ、ちょっと⁉　突然何なの⁉」

大蛇に巻き付かれて動きを封じられていた異形の男も解放されてしまった。

異形の男は全身から炎を噴き上げながら、拘束していた大蛇を引き千切ったのだ。

その勢いのまま、こっちへと向かってくる。咄嗟《とっさ》に身構えるけれど、異形の男が拳を向けたのはヴァンパイアの女だった。

「オォオオオオオオオオッ‼」

「ぎゃぁッ！　こ、の、やめ……！　あぁっ！」

鳩尾《みぞおち》に強烈な一撃を叩《たた》き込んだ後、異形の男は腕一本でヴァンパイアの女を持ち上げた。

炎がヴァンパイアの女にも纏《まと》わり付き、焼き尽くそうとしているかのようだ。

「離せ、離しなさい、離しなさいよぉ！　あぁぁあっ！　熱い、熱いィィッ⁉」

悲鳴を上げながら抵抗しているヴァンパイアの女、自ら掴《つか》み上げた女を睨み付けながら、異形の男は唸《うな》り声を上げて歯ぎしりを鳴らす。

「カ、エ、セ」

「え……？」

「ナカ、マ、ヲ、カエセ、カエセェェェエエエエエエエエエエッ‼」

片言で辿々《たどたど》しい言葉。けれど、その叫びにはどうしようもない程の怒りと悲しみが込められていた。思わず足が竦《すく》む。それだけ切実で、苦しげな絶叫だった。

異形の男の頰を伝うように何かが光る。それは、涙だ。だが、流れ落ちた涙は男が纏う炎によってすぐに消え去ってしまう。

「アァアアッ！　そんな、こんなところで、私が、どうして……！　あぁっ、どうか、どうか私に救いを――〝ライラナ〟様ァアアアッ‼」

ヴァンパイアの女が誰かの名前を懇願するように叫ぶのと同時に、異形の男が女の胸を素手で刺し貫いた。

背中から突き出た腕から何かが潰れる音が聞こえた。ヴァンパイアの女は目を見開いてびくりとその身を震わせた後、だらりと脱力する。

どうやら心臓ごと魔石を潰したようだ。でも、彼女はヴァンパイアだ。まだ再生するかもしれない。だから警戒を緩めずに様子を窺《うかが》う。

異形の男がヴァンパイアの女から腕を引き抜き、焼き尽くそうと炎を揺らめかせる。

しかし、異形の男が彼女を焼き尽くす前に異変が起きた。女の身体《からだ》が大きく震え、その背中から弾《はじ》け飛ぶように血が噴き出した。

その血はぬるりと形を作っていき、触手のように周囲に無数に伸びてくる。

「なんだ、こりゃ⁉」

「皆、下がって！」

何が起きているのかわからない。けれど、何か嫌な予感がする。私が叫ぶのと同時に前に出ていたガッくんとレイニが距離を取って下がる。

私も二人に追い付いて振り向くと、ヴァンパイアの女から出た血の触手は動きを縫い止められていた魔物たちに突き刺さっていた。

そして、魔物たちが形を失ったように触手へと吸収され、女の身体へと戻っていく。

「な、なんだよ、あれ……何なんだよ⁉」

脱力していた筈《はず》のヴァンパイアの女の身体が大きく震える。ぼこぼこと肉が波打つかのように震えている。

ぐらぐらと揺れていた頭が止まり、ギョロリと光を失った瞳が異形の男を睨《ね》め付けた。

次の瞬間、女の身体が風船のように膨らみ、弾け飛ぶようにして姿を変えていく。

その光景を何と言い表せばいいのか、私にはわからなかった。

それはあまりにも不気味で、奇っ怪で、醜悪であった。

まるで肉が膨らむようにして別の生物へと変わっていくかのような、異常な光景だ。

肉塊が膨れ上がる度に私たちにまで近づいて来る。すぐさま後ろに下がって距離を取るけれど、その光景から目を離すことが出来ない。

すぐ傍《そば》にいた異形の男も、自分に纏わり付く肉塊を焼き焦がして引き剝がしている。

そうしている間にも肉塊は膨れ上がり、やがて変化が落ち着いた。その変化の果てを私は呆然《ぼうぜん》としながら見上げることしか出来ない。

先程までただの人と変わらない姿だったのが、まるで見上げる程の大きな存在へと変貌している。

ちょっとした小山程度はありそうな肉の塊。そこに無数の頭がついている。その頭の形もバラバラだ。

狼《おおかみ》であったり、鳥であったり、蛇であったり、無数の生物を詰め込んで、無理矢理混ぜ合わせたような姿だ。

よく見れば、肉の塊から形になり損なったかのように無数のパーツが表面で藻掻《もが》いている。腕、足、顔、半端《はんぱ》な肉の塊はそれでも生きていると主張しているかのようだった。

その手足の中には、獣だけではなく人と思わしきものまである。

最早《もはや》、声が出ない。醜悪だという言葉だけでは片付けることが出来ない恐怖をも伴った嫌悪感。目の前の存在を全身全霊で否定してしまっている。

あまりにも生物として異常だ。異常だけれど成立している。けれど、この世にはあってはならない存在。

（こんなの、まるで〝キメラ〟みたいだ……）

前世の記憶には、そんなファンタジーな存在がいたような気がする。それにしたってここまで醜悪な姿ではなかった筈だけれど。

「■■■■――――ッ！」

無数の頭部が一斉に鳴いた。統一されてない無数の叫びが、不協和音として響く。

奇っ怪なその鳴き声を聞くだけで寒気がしてきた。耳を塞いで、絶叫しながらこの場を離れたくなる。そんな絶叫にガッくんも顔を顰《しか》めて叫んでいる。

「なん、だよ、これ……！　気持ち悪いィッ！」

「ッ、アニス様！　ダメです、この声を聞かないで！　この声には精神干渉が……！」

「なんですって⁉」

レイニの叫びに私は驚きを隠せなかった。あんな姿でもヴァンパイアの力は使えるなんて！　それとも、ヴァンパイアだからこそあんな姿になってまで生きていられるの？

歯を食いしばりながら耐えていると悲鳴が聞こえた。悲鳴を上げたのはティルティだ。

彼女は顔を蒼白《そうはく》にして、頭を押さえながら膝をついて震えている。

「ティルティ⁉」

「あ、あっ、頭が……割れ……っ、聞きたくない、こんな声、聞きたくない！　うるさい、うるさい、私の頭の中に入ってくるな！　いや、いやっ、いやぁあああ――ッ‼」

「ティルティ様！　耳を塞いで、気を確かに！」

傍にいたナヴルくんがすぐに助け起こそうとしているけれど、ティルティは癇癪《かんしゃく》を起こした子供のように甲高い声を上げながら腕を振り回している。

その顔は恐怖に引き攣《つ》っていて、普段の彼女では考えられない有様だった。

「レイニ！　ティルティの保護を！　ガッくんとナヴルくんも下がって！」

「アニスフィア王姉殿下⁉　し、しかし！」

「足手纏いだ！　下がれ！」

承諾しかねると言わんばかりのナヴルくんに、私は命令するように叩き付けた。

実際、ヴァンパイアの精神干渉に翻弄されては実力も十分に発揮出来ないだろう。

ティルティは相性が悪かったから、あそこまで酷《ひど》くなったのかもしれない。とはいえ、ナヴルくんとガッくんの顔色も酷いものだ。

後ろを気にして戦えば私も気が散る。それならば離れてもらった方が都合が良《い》い。

私はセレスティアルに魔力刃《まりょくじん》を纏わせながら、キメラへと斬りかかった。同時にキメラもまた動き出す。無数の頭がまるで蛇のように伸びて襲いかかってくる。

「流石に気持ち悪すぎる！」

私は魔力刃を伸ばし、伸びた根元から一斉に頭を斬り飛ばすように振り抜いた。

手応えは呆気《あっけ》なく、無数の頭が地に落ちた。しかし、斬り落とした傍からずるりと新しい頭が出てきて咆哮《ほうこう》を上げるのを見て、私は絶句してしまった。

「再生が速い⁉」

再度、私に向かって無数の頭が襲いかかってくる。迎撃しようとすると、突然炎が吹き荒れた。

「オオォオ――――――ッ‼」

肌を焼いてしまいそうな程の熱気が膨れあがり、異形の男が吼《ほ》えた。身体の芯から震わせるような激情の叫び。先程までとは比べものにならない程の感情の迸《ほとばし》りを感じる。

怒りがあった。悲しみがあった。そして、何より憎しみがあった。そうとしか思えない叫びを上げてキメラへと向かっていく。

彼から噴き出た炎は、最早炎というレベルではなくて熱線のようにして放たれた。それはキメラの身体をも貫いた。

「ちょっと、山ごと燃やすつもり⁉　……いや、違う！」

私は見た。キメラの炎に焼かれた断面が焼き潰されていたのを。

焼き潰される程の傷は復元が難しいのか、新しい首が出てくる気配がない。

これはチャンスだ。こいつの厄介な点は凄《すさ》まじいまでの再生能力を持っていることだ。

そんなキメラを追い込んでいる異形の男は、味方とは言い切れないけれども現状を打破するために利用出来る。

そんなことを考えている間にも、異形の男はキメラに向かっていく。そのキメラの身体は何度も熱線を受けて穴ぼこになりつつあった。

すると、キメラがぶるぶると身体を震わせた。無数に散らばっていた尻尾の蛇が一つに纏まるようにして束ねられていく。

そして——ずるりと、大きな頭の蛇へと変化した。その大きな蛇の頭は突然、自分の身体を抉《えぐ》り取るように食いちぎった。

「はぁっ⁉ 自分で自分を食べたの⁉」

〝焼けた表面〟を抉ったキメラは巻き戻していくかのように身体を再生させた。

先程まで焼き払われ、このまま絶命しても不思議じゃないと思っていたキメラが何事もなかったようにそこにいる。

「なんて厄介な……！」

今度は私から狙いを外し、一斉に異形の男へと向かっていくキメラ。無数なる獣の頭が男へと喰《く》らい付かんと迫っていく。

異形の男も抵抗するけれど、再生力と数の暴力に押されていく。

焼き切られ、燃やされた部位を自ら食いちぎる。そんな繰り返しだ。いつか絶対に夢に出ることは間違いないだろう。

そんな中でキメラの動きがまた更なる変化を見せた。肉塊がぶるりと震え、無数の獣の頭がついた首が伸びてきたのだ。

それは私や異形の男に襲いかかり、更にはレイニたちにまで迫った。

「この、やめろぉッ！」

魔力刃でキメラの頭を斬り落とすけれど、数が多すぎて焼け石に水でしかない。

何も決定打を打てないまま、キメラがレイニたちへと迫る。ガッくんが立ち塞がろうとするけれど、対応しきれてない。

「ナヴル様！　すいません、フォローを！」

「わかった！」

ナヴルくんも加わるけれど、普段に比べれば彼等《かれら》の動きも悪い。

やがて邪魔だと言わんばかりに二人が頭突きを受けて吹き飛ばされた。その先にいるのはレイニとティルティだ。

レイニはティルティを庇《かば》いながら、水の柱を地面から生み出して動きを止めようとする。

しかし、その隙間を縫うようにして獣の頭が二人へと迫る。

「レイニッ！　ティルティ――ッ！」

迫った獣の頭がレイニとティルティを噛《か》み砕く。そう思った瞬間――何かが二人の間に割って入った。

「……え？」

身を盾にしながら、レイニとティルティの前に立ち塞がったのは異形の男だった。

彼はその身を挺《てい》して獣の牙を受け止めていた。牙が食い込んだ身からは血が溢《あふ》れており、今にもその全身が貪られようとしている。

それでも異形の男は微動だにせず、レイニとティルティの前に仁王立ちになっている。

炎は次第に弱々しくなっていき、ふらりとよろめいた。

しかし、異形の男は押し返すように獣の首を引き千切るように剝がしていく。己の身を傷つけるのも構わずに、だ。全身が傷だらけになり、立っているのもやっとにしか見えない異形の男。それでも彼はレイニとティルティの前から動かない。

「……どう、して？」

どうして自分を庇うのかわからないといったように、レイニが小さく呟《つぶや》く。

その呟きを聞いたのか、或《あ》るいは意識が朦朧《もうろう》としているのか。異形の男はふらりと足を前に踏み出す。そして、掠《かす》れて消え入りそうなその呟きを私は聞いてしまった。

「――マモ……ル……マモ……ラ……ナケレバ……！」

守る、と。何度もそう呟きながら一歩、また一歩と前に進んで行く。

炎は薄れ、人の姿がどんどん露出していく。それは精悍《せいかん》な男だった。意識が定《さだ》かでない瞳はただ前を真《ま》っ直《す》ぐ見つめ、キメラへと挑みかかろうとしている。

無数の獣の頭が血の臭いに惹《ひ》かれるように群がろうとする。しかし、男に喰らい付く前に獣の頭は斬り落とされていく。

「やらせるかよぉ、こんちくしょうがァッ！」

「騎士として、これ以上の仕打ちは見過ごせないッ！」

憤怒《ふんぬ》の声を上げて、ガッくんとナヴルくんが次々と獣の首を斬り落としていく。

さっきまでヴァンパイアの精神干渉に当てられて本調子ではなかった二人、その二人が怒りをバネにしていつも以上の動きを見せている。

それでも獣の再生は止まらない。まるで彼等の怒りが無駄だと嘲笑《あざわら》うかのように。

「くそっ、くそくそ、ちくしょうが――ッ！」

「このようなことが許されて堪《たま》るものか――ッ！」

苦渋に満ちた二人の叫びが聞こえる。力不足を嘆き、自らの未熟を怒り、悔しさを滲《にじ》ませている。

「ッ、アニス様――ッ！」

未《いま》だ持ち直せず、震えたままのティルティを抱えてレイニが私の名を叫ぶ。

……あぁ、わかってるよ。

「――任せて」

これは私が殺す。決意を込めて、キメラへと向かって駆け出した。

セレスティアルに展開していた魔力刃がその色を濃くしていき、光から結晶へと姿を変えていく。結晶の刃が形成されていく際の、奇妙な音が森へと響き渡っていく。

「――――ッ‼」

キメラが無秩序に全身から生えた奇妙な手足を伸ばして私を貫こうとする。串刺しにせんと迫りくるキメラの触手を斬り払い、そのまま距離を詰める。

私を脅威に感じたのか、四方八方から襲いかかってくるキメラの触手はやがて私の逃げ道を塞いでいく。そうして囲んでから一斉に私へと触手を伸ばした。

「――〝ドラゴンクロウ〟」

セレスティアルを握っていない逆の手、そこにドラゴンの魔力を集束させ、爪を象《かたど》る。

魔力が迸る爪を振り抜けば、キメラの触手を引き千切り、消し飛ばす一撃が放たれる。

風穴が空いた包囲網を抜けて、私はキメラの身体《からだ》の上に降り立った。そのまま結晶化した魔力刃を突き立てた。

魔力刃がキメラの身体の中に葉脈のように広がって貫いていく。

刃を広げる度に際限なく魔力が引き摺《ず》り出される。私は意識を途切れさせないように力を込めながらキメラの全身に刃を奔《はし》らせる。

狙うべきはキメラの身体にある核となる魔石だ。体内に入り込んでくるドラゴンの魔力を嫌うようにキメラが暴れ始める。

その抵抗によって魔力の圧が強まり、私に反動が返ってくる。それでもセレスティアルは手放さない。気が遠くなりながらも、私は目当てのキメラの魔石の位置を特定した。

「——見つけた」

私が為《な》すべきこと。一瞬にしてキメラの核を消し飛ばし、再生する隙も与えずに吹き飛ばす。そのためにセレスティアルが葉脈のように伸ばした結晶の刃に私は魔力を込める。

結晶化していた魔力刃が、その形を維持出来ないというように再び光に戻り始めている。

その光は、どこまでも白く輝く。

「アァァ、ァアアアアアアアアアアアア——ッ‼」

キメラの全身に根を張るように広がった魔力刃《まりょくじん》、それがキメラの全身を内部から切り刻み、全身を軋《きし》ませていく。

勿論《もちろん》、キメラだって抵抗してくる。けれど触手の一本一本にまで芯となるように魔力刃を巡らせて、抵抗を封じ込める。

抵抗の反動で全身に軋むような痛みが走る。けれど、歯を噛みしめながら堪《こら》えた。

そして、臨界点を迎えた魔力刃が魔物の身体を内側から照らすように輝き始める。


「——光に還《かえ》れッ！」


私の叫びと共に、魔物の内部で魔力刃が爆発した。

キメラの全身に奔らせた刃に衝撃が伝播《でんぱ》して、連鎖するように弾《はじ》けていく。全てを白く染め、結晶の形を解かれた魔力の波動が花弁が花開くかのように広がった。

キメラの身体はその白き光の中に呑《の》まれていき、やがて跡形もなく消滅した。

波動の反動で吹き飛ばされていた私もなんとか着地に成功する。けれど膝が笑ってしまい、そのまま両手両足を地面についてしまう。

「ふぅ……あぁ、疲れた……」

キメラの全身を掌握するのにかなりの集中力と魔力を使ったけれど、これで確実に魔石ごと始末することが出来た筈《はず》だ。

これで欠片《かけら》からでも再生するとなったら流石《さすが》に笑えない。祈るような気持ちでキメラがいた場所を見つめる。

スプーンで抉り取ったような痕だけを残して、キメラの姿は存在しない。再生の気配もない。そこまで確認してようやく私は緊張を解くことが出来た。

「――オォォォオオオオオ……‼」

不意に聞こえたのは、慟哭《どうこく》。亜人の男が空を見上げながら、ただ吼《ほ》えていた。

その瞳から止め処《ど》もなく涙が零《こぼ》れ落ちていた。表情こそ憤怒に歪《ゆが》んでいるように見えるけれど、彼はただ泣き叫んでいた。

その慟哭に誰もが動きを止めて見守ることしか出来ない。それ程までに感情を震わせるような慟哭だったから。

「……オォオォォ……」

やがて、その慟哭も火が静まるように小さくなっていく。

崩れ落ちそうになった彼を真っ先に支えにいったのはガッくんだった。その表情は険しくて、歯を強く噛みしめているのが見えた。

私にだってわかる。亜人の男の傷は……もう、手の施しようがない。ここにいる誰もがそれを理解出来たことだろう。

何を言えば良いのかわからない。そんな沈黙が耳に痛い程だった。

「……私の声が聞こえるかな？」

私は震える足を叱咤《しった》して、亜人の男の前に立つ。どこか虚《うつ》ろなまま、彼の視線が私へと向けられる。

死に向かっているからか、それともあのヴァンパイアがいなくなったからなのか。彼は非常に落ち着いているように見える。

「レイニとティルティを守ってくれて、ありがとう」

どうしてもそれだけは伝えたかった。私の言葉を聞いた亜人の男は、暫《しば》し私の顔を見つめた。それからゆっくりと自分を支えているガッくんや、傍《そば》に立ち尽くしているレイニたちを見つめた。

彼はゆっくり息を吐き出す。それから穏やかな微笑を浮かべた。

「礼を、言う」

今にも途切れて、消えてしまいそうな言葉を投げかけられた。

一体、何のお礼だというのか？　その真意を確かめる時間は残っていなかった。

男が自らの胸に手を当てた。何をするかと思っていると、彼は自分の胸を抉《えぐ》り出したのだ。突然の自傷に私たちは驚きに眼《め》を見開いた。

私たちが驚いている間に男は自らの胸から手を引き抜いた。そこには血に塗《まみ》れた魔石が握られている。

血を吐きながら、男は穏やかな表情のまま己の魔石を差し出した。

「……これを、受け取れって？」

震える声で問いかけると、男は小さく頷《うなず》いた。

私は手の震えを抑えるように力を込めて、差し出された魔石を受け取った。

「……大いなる、意志と共にあれ」

大いなる意志。やはり、彼はアクリルちゃんと同じように生きていた亜人なのだろう。

彼から受け取った魔石が酷《ひど》く重く感じてしまう。

何故《なぜ》、彼が魔石を私に託そうと思ったのか。

もう間もなく死んでしまうのに、どうしてそんなに穏やかでいられるのか。

私には何もわからない。知りたくても、もう叶《かな》わない。

だから、何も考えずに咄嗟《とっさ》に言葉が出た。

「貴方《あなた》の命は、大いなる意志に帰る。だから、安心して」

私が告げた言葉は、今伝えるべき言葉になっていただろうか。

答えはわからない。でも、亜人の男は軽く眼を見開いた後、満足そうに目を閉じた。

亜人の男が目を閉じた後、ガッくんは彼を優しく横たえた。暫《しばら》く男の顔を見つめていたガッくんは、何を思ったのか強く拳を地面に叩《たた》き付けた。

「……ガーク」

「……俺たちは、この男のことなんて何一つ知らない。なのに、なんでだろうな。どうして……こんなにやるせなくなるんだよ……！」

行き場のない感情を持て余すガッくんに、ナヴルくんも同じような表情で俯《うつむ》く。

誰もが言葉を失い、森は静寂を取り戻した。まるで何事もなかったかのように、惨劇の爪痕だけを残して。

５章　騒乱の芽吹き

私――ユフィリア・フェズ・パレッティアは隣に感じられない温《ぬく》もりに寂しさを覚えてしまいました。

月が昇る夜空を見上げて溜息《ためいき》を一つ。一日はあっという間のように過ぎていきますが、こうして何も手をつけていないと時間が遅くなったように感じます。

その理由ははっきりとしています。隣に居て欲しい人がいないからなのでしょう。

「……アニス」

愛《いと》おしい人の名を呟《つぶや》いてみても、返事はありません。わかっていても口にしてしまうのですから、私の執着も相当なものだと我ながら思います。

こんな夜は寂しくて、眠るのさえ億劫《おっくう》になってしまいそう。そんなことを思っていると、ドアをノックする音が聞こえました。

「どうぞ」

「失礼致します、ユフィリア様」

入室を許すと、イリアが入ってきました。その手にはお茶をするのに必要なものが揃《そろ》えられています。

「今日もお互い、ご苦労様でしたね。イリア」

「いえ、ユフィリア様もお疲れでしょう。すぐにお茶をご用意します」

「ええ、お願いします」

イリアと二人でのささやかな夜のお茶の一時。それが私の心を慰めてくれます。

アニスがいない。ただそれだけで日々が味気なくなってしまう。彼女がいなくても私を思い、支えてくれる人がいるのに。

レイニの代わりを務めてくれるハルフィス、魔法省からよく顔を見せてくれるマリオン、まだ多くのことを私に教えてくれる義父上《ちちうえ》に義母上《ははうえ》。心から頼りにしている人がいてくれるというのに、アニスがいないというだけで心が欠けてしまいそうになる。

忙しさがこんな悩みを忘れさせてくれるので、毎度無茶振りばかりのお父様にすらありがたく思ってしまいそうになります。

……いえ、あの人は別に気遣っている訳ではありませんね。あやうく心が弱っているせいで絆《ほだ》されるところでした。絶対に気を許しません。

「ユフィリア様、どうぞ」

「ありがとうございます、イリア。貴方も座って」

「わかりました」

私とイリア、二人分のお茶を用意して貰《もら》い、同時に口をつける。

香りと味を楽しんで、そっと一息を吐《つ》く。互いに何も言わないこの呼吸の間を心地《ここち》好く感じてます。

これも相手がイリアだからなのでしょう。心を許せる相手の貴重さを女王になってからはしみじみと感じるようになりました。

静かにお茶を飲みながらイリアの様子を窺《うかが》う。いつも通り澄ましているように見えるけれど、細かな点でいつもの彼女と違うことを見つけました。

「疲れてますね、イリア」

「……顔に出ていましたか？」

「いえ。いつもより化粧が厚くなってますから。ただ、普段の貴方を知らなければ気付かないことでしょうね」

「……お見苦しいものをお見せしました」

「そんなことは言ってませんよ。イリアの気苦労を感じている理由もわかっていますから。人付き合いに気が乗らないと大変でしょう」

今、離宮には少しずつ新たなメイドを入れて仕事をして貰っています。

元々、離宮の生活はイリア一人で回していました。レイニも手を貸していたとはいえ、私の傍につくようになってからはその頻度も減っています。

今までは四人しかいなかったからイリアだけでも十分ではあったでしょう。ですが、私たちの立場は変わりました。日陰に追いやられるしかなかったアニスの立場は上がり、私も女王の地位に即位しました。

いつまでもこのままという訳にはいかない。変化を避けることは出来ない。それは皆が感じていたことだったでしょう。

それは離宮も同じことです。私たちだけの生活はとても心地好いものではありますが、今後のことを考えるなら私たちだけの離宮のままにしておくことは出来ません。

変化していくことを考えれば、せめてイリアの手足となり、彼女の仕事を支えてくれる人がいないと負担が大きくなってしまいます。

「メイドの候補には交代で離宮に来て頂いていますが……やはり疲れますか？」

「正直に言えば、気が重いですね……」

イリアは頼りなげに眉を寄せ、苦笑を零しながらそう言いました。普段の彼女だったら絶対に見せないような表情です。

「元々、人付き合いが得意な気質でもありませんので」

「それは見ていてもわかります」

「だから私はアニスフィア様に拾われて恵まれていました。その恩恵に甘えていたツケが回ってきたのでしょう」

「……それでも私たちはイリアを手放せません。ですから」

「はい、わかっています。ここで私が人を纏《まと》められなければ、私の代わりに人を置かなければならなくなります。そうなってしまえば、私も立場がありませんからね……」

「……もし、イリアが上に立つのがどうしても無理だと思うなら、私が責任を持って離宮を管理してくれる人を連れてきますが」

「そうですね。本当に無理だと思った時は申し出るかもしれません」

イリアがそう言ってからお茶へと口をつける。イリアの静かな吐息すらも拾えてしまいそうな静寂が部屋に満ちていきます。

「……情けないと口にすれば、ユフィリア様が気に病んでしまうと知りながら、それでも止められないものですね」

「……イリア？」

「ここ最近は自分の情けなさを省みるばかりの日々です」

イリアがどこか遠くを見つめるように目を細めながらそう言いました。

私は何を言っていいか摑《つか》めず、イリアの様子を窺うように観察します。イリアは遠くに向けていた視線を私へと向けて、苦笑を浮かべました。

「元々、アニスフィア様の専属侍女という立場も分不相応のものでした。最近に至ってはユフィリア様は女王になられ、レイニも大きく成長していきました。……私だけが、何も為《な》し得ないまま」

「イリア、そんなことは」

「わかっています。わかってはいるのです。私が求められているということも。それでもユフィリア様たちを見ていると、どうしても抑えられなくなりそうな時が増えました」

「……イリア」

「ユフィリア様は、時々怖くなりませんか？」

「……怖い、ですか？」

「このまま置いていかれてしまって、残されてしまうことが。いずれ、ただ思い出のようになってしまうのが。もし、そうなってしまうかもしれないと考えたら……私は恐ろしく思うようになってしまいました」

「私たちが貴方を置いて、どこかへと行ってしまうと？」

「可能性としてないとは言えないでしょう？　ただでさえ私は、ユフィリア様たちよりも少し長く生きていますから」

　少しだけ冗談めいて言うイリアですが、その目の陰りは隠せていません。

　その目を隠すように手で覆い、少し前のめりになってイリアは俯いてしまいます。

「このまま普通に生きていても、私は……きっと一番最初に貴方《あなた》たちの傍《そば》を離れることになります。そんな未来が恐ろしいんです。私は特に誇れるようなこともないただの人間で、レイニはユフィリア様の傍にお仕えすることが出来る才能にも恵まれていて、それにヴァンパイアです」

「イリア、それは……」

「ユフィリア様は恐ろしくなりませんか？　アニスフィア様が先にいなくなるかもしれないと、そんな未来を思い描いてしまうことはありませんか？」

　イリアの問いかけに私は思わず息を呑《の》んでしまいました。ゆっくりと息を吐き出して、零《こぼ》れるように微笑を浮かべます。

「恐ろしいですよ、そんな未来は想像するだけでも。でも……」

「でも……？」

「アニスは、きっと私を諦めないと信じていますから」

自惚《うぬぼ》れだと言われるかもしれない。でも、自惚れだと言われても構いません。私はアニスに愛されているから。だから、アニスは私のところまで来てくれる。そう思えるから、イリアの言う想像したくない未来を思い浮かべても大丈夫なのです。いつでも、どんな時でも、私が諦めそうになったら最後には手を引いてくれると。

「愛した分だけ、未来の重さが恐ろしくなります。これから何が起きるのか、どうしようもないことが起きるかもしれない、その時に私たちはどうなっているのか。理不尽な別離が待っているんじゃないかと。未来はいつだって絶対とは言えないですから」

「……そう、ですね」

「だからこそ、後悔したくないなら踏み出すしかありません。それともイリアは言えないのですか？」

「何を、ですか？」

「レイニに一生の伴《とも》として欲しい、と。今のあの子なら貴方をヴァンパイアにすることだって可能でしょう？」

イリアは顔を上げた後、またすぐに俯《うつむ》いてしまいました。その表情には葛藤が浮かんでいます。

「……考えなかったと言えば嘘《うそ》になります」

「まだ答えは出せません。でも……」

「でも？」

「……改めて人から聞かれて、思ってしまったのは事実です」

　イリアはゆっくりと顔を上げて、まだ葛藤が抜けきらない表情で笑みを浮かべました。見方によっては泣いているようにさえ見えるでしょう。

悩み、苦しみ、それでも一筋の光を見つけて安堵《あんど》したような、そんな笑顔。今まで共に過ごしてきた彼女の、一番美しい表情でした。

「アニスフィア様たちと、もっと長く共にいたい。だから、そのために胸を張れる自分になりたいと思います。ここにいていいのだと、自分に自信が持てるように」

「……それは何よりです。どうか、これからも私が信じていい人でいてください」

「はい、ありがとうございます。……レイニには、まだ内緒にしていてくださいね。それに本音を言うと、ヴァンパイアになるのとは別の方法がないかとも思ってますので」

「？　何故《なぜ》ですか？」

「私がヴァンパイアになってしまったら、レイニに血をあげられないかもしれないじゃないですか？」

「そうですか」

イリアはイタズラっ気を感じさせる微笑を浮かべて、そう言いました。

その言葉に私は思わず笑ってしまうのでした。

「レイニは愛されていますね」

「アニスフィア様も愛されていると思いましたよ」

「当然です」

「……私も、当然だと言えるようになりたいですね」

「ええ、是非とも頑張ってください」

だから、長く共にいられるようになってください。

私がそれを望むということが、人にとってどれほど残酷な願いだと知りながらも。

そう望んでしまう私のことを、どうか許して欲しいと願ってしまうのです。

＊＊＊

夜が明けて、朝が来る。

またいつものように女王としての政務が始まる。イリアに起こされて支度を調えながら意識を切り替えていく。

そうして王城でいつものように政務を果たしていると、執務室に誰かが訪れました。

「私が出ます」

「お願いします、ハルフィス」

レイニの代わりに秘書の代理を務めてくれているハルフィスが来客の対応に向かいました。来客を出迎えたハルフィスは、少し驚いたような声を漏らしました。

「あれ？　イリアさん？」

「イリア？」

思わぬ名前を聞いて、私は顔を上げました。

ハルフィスが部屋に通したのは間違いなくイリアでした。イリアはいつもよりも表情を引き締めているようです。何かあったのでしょうか？

「ユフィリア様、申し訳ありません。急報の鳩《はと》が届いておりました」

「急報？　一体どこから？　まさかアニスからですか？」

私宛の急報？　まず真っ先に思い浮かぶのはアニスの顔でした。もしや旅先で何かあったのでしょうか？

緊張が走りかけた私に対して、イリアはそっと首を左右に振りました。

「いえ、アニス様ではありません。……アルガルド様からです」

「アルガルドから？」

思わぬ名前を聞いて私は目を丸くしてしまいました。ヴァンパイアの調査の一環で連絡は取り合っていましたが、まさか彼から急報が届くとは思いませんでした。

イリアからアルガルドの手紙を受け取り、素早く中身を確認します。その内容を目で追って、私は息を呑みました。

「……ユフィリア陛下？」

「イリア、予定であれば、アニスたちは今日戻ってくる筈《はず》でしたよね？」

「はい。それが何か？」

「戻り次第、そのまま東部へ飛んで貰《もら》うことになります。それから私も出ますので、その準備を。急ぎ、辺境に向かわなければならなくなりました」

「辺境に？　辺境で何かがあったのですか？」

「私自身が直接確認をしなければならない重大な案件です。ハルフィス、私が不在の間に政務の代行を頼むので先王陛下を呼んできてください。大至急です」

「わ、わかりました！」

慌ただしくハルフィスが執務室を出ていき、義父上《ちちうえ》を呼びに向かいました。

残されたイリアは眉を寄せて、心配そうな顔で私を見つめている。

「アルガルド様からは何と？　重大な案件とは一体……」

「辺境で思わぬ事態が起きたようなのです。もしこれが本当であれば、有力な情報となります。同時に、私たちが思っていたよりも事は動いているのかもしれません」

「どんな内容で……？」

私は自分を落ち着かせるためにも、大きく息を吸い込んで呼吸を整えました。

「ヴァンパイアです」

「……ヴァンパイア？」

「――国境を越えてアルガルドの元にヴァンパイアが逃げ込んできたそうなのです。それも何かから追われるように。そして今、そのヴァンパイアを保護している、と」

＊＊＊

時は、ユフィリアが手紙を受け取る少し前へと遡る――。

＊＊＊

私――アクリルは森の空気を胸にいっぱい吸い込み、そしてゆっくりと吐いた。
最近まで長い雨が続いていたけれど、ようやく晴れが続くようになってきた。

新しい森の空気に馴染《なじ》んできたこともあって、気分はとても良かった。

「随分とご機嫌だな、アクリル」

「アル！」

私に声をかけてきたのはアルだ。アルの後ろには騎士や冒険者たちが続いている。

アルがあの騒がしい女、アニスフィアと再会してからというもの、辺境には人が増えていた。アルが言うには、ここを開拓して色々とする拠点の下準備なのだとか。

難しい話はまだ理解が十分ではないけれど、要は精霊の恵みを安全に集められるようにしたいらしい。そのためには魔物を狩っていかなければならない。

そのための騎士であり、冒険者たちだ。アルも彼等《かれら》を率いて狩りに参加している。森に慣れることは大事だからね。

「それでは確認する。騎士たちは私の護衛に、冒険者は二人組で斥候を頼む。命を無闇に捨てるような真似《まね》はするなよ、手に負えないと思ったら私と騎士たちに任せろ。この辺境で娯楽が増える前に死んでは元も子もないからな」

「はっはっはっ！　そりゃ言えてますな、王子殿下！　それにしても王子殿下も俗なことを仰《おっしゃ》るもので！」

「清貧は美徳なれども、人の活気を育てるには娯楽が必要だろう。稼いだ金も使うあてがなければ宝の持ち腐れだ」

「それもそうだ！　うまい食事にうまい酒、そして良《い》い女！　この辺境は魔物ばっかりでうんざりだ！」

「だが、こいつらが後々の金に換わるって訳よ！　儲《もう》ける程に働いたら良い思いさせてくれるんですよね！」

「あぁ、この辺境が栄えたらな」

「聞いたか、お前等！　命を大事に、されど成果はたっぷりをご所望だ！　今日もはりきって狩りをするぞ！　用意はいいか‼」

雄叫《おたけ》びのような声が響き渡り、冒険者たちは意気揚々と森の中へと入っていく。何ともわかりやすくて元気な人たちだ。つい溜息《ためいき》を吐いてしまう。

「男って単純」

「何とも反応に困る感想だな。ではアクリル、お前も気をつけて行ってこい」

「うん、アルもね」

さて、狩りにいかないとね。私は単独行動だけど。

私はこの地に来て、まだ日が浅い。一緒に狩りをすることで連帯感が生まれるかもしれないけれど、リカントである私に対して戸惑っている人が多いのも事実だ。

もう少し一緒に生活をして様子見をしよう、ということで私はまだ彼等と一緒に狩りをしたことはない。ただ、屋敷にいる間に声をかけられるようになったり、手合わせをしたりもしてるから、そこまであまり時間はかからないかもしれない。

そんなことを考えながら森を巡る。獲物の気配を確認しながら、森の中に変化がないかどうか慎重に探りながら進む。

(特に何か変わったようなことはないかな……ん?)

不意に何かの臭いが鼻を擽《くすぐ》った。

何度か臭いを嗅ぐと、思わず顔を顰《しか》めてしまう。

(濃い……血の臭い! 一体どこから⁉)

リカントの鼻は良い。臭いの元はまだ遠く離れているだろう。

私は意識を集中させて、森の変化を探ろうとする。耳を澄ませば遠くに僅かなざわめきが聞こえてくる。

それは血の臭いがしてきた方角と一致する。そして気配は複数だ。魔物たちが争っている? それとも逃げ回っている? 何やら落ち着きのないざわめき方だ。

私は地を蹴って跳び上がる。木の枝に乗って、枝から枝を渡るようにして森の中を進んで行く。

ざわめく気配へと近づくと血の臭いが濃くなっていく。その濃すぎるといっても良い程の血の臭いに私は嫌な予感を感じていた。

（もし、これが、ただの私の勘違いじゃなかったら……）

喉が異様に渇いて唾を飲み込んでしまう。そして、気配を殺しながら木の上から気配へと近づいていき、目にした。

それは狼《おおかみ》だった。しかし普通の狼の大きさではなく、間違いなく魔物の類だ。

その狼から漂う濃い血の臭いは、嗅いでいるだけで頭がクラクラしてきそうになる。

数は五、六匹。それが何かを探すようにしきりに地面の臭いを嗅いでいる。

もしも普通の狼を見慣れていれば違和感を覚えるだろう。この狼たちの瞳には、生気が感じられないからだ。

長年、獣や魔物と対峙《たいじ》してきた経験から感じる違和感。それを感じる相手に、私は心当たりがあった。

狼たちは、揃《そろ》って血のように赤い瞳の色をしていた。

汗が噴き出て、身体《からだ》が震えそうになる。それでも必死に物音を立てないように呼吸を押し殺す。長く、深く、気付かれないように息を整えた。

（間違いない、こいつら、なんでここに……！）

何故《なぜ》、と疑問が浮かぶ。ここにいる筈がない、いていい訳がない。

動揺が表に出ないように息を殺していると、狼たちが不意に血の臭いを嗅ぐのを止《や》めて顔を上げた。

(気付かれた……!?)

身体に力が入る。いつでも飛び降りれるように構えていると、狼たちは私の方へと視線を向けずにどこかへと向かって走り出した。

狼たちが去っていく方向を確認した私は、そのまま後退するように元来た道を戻った。

そして十分な距離を取ってから、私は懐《ふところ》から笛を取り出した。

異常事態があった時に吹くように取り決めていたものだ。私が強く笛を吹くと、甲高い音が森に響き渡った。

「アクリルか！　何があった！」

警戒をしながら待ち構えていると、こちらにアルが素早く駆けてくるのが見えた。その後ろから騎士たちも続いてくる。

「アル！　狼、いや、この周辺にいる魔物に気をつけて！」

「何？　どういうことだ？」

訝《いぶか》しげな表情を浮かべるアルに私は近づき、彼にだけ聞こえるように囁《ささや》く。

「ここにいちゃいけない魔物が森にいた。──ヴァンパイアが飼っていた魔物が」

「……なんだと？　それは、お前がヴァンパイアたちに捕まっていた時に処理をさせられていたという例の魔物か？」

「濃すぎる血の臭いを纏《まと》ってたし、目の色が同じだった。だから気をつけて。あの魔物たちは自分の死を構わずに襲いかかってくるから、トドメを刺したと思って油断してたら逆にこっちがやられかねない」

「わかった。指示を出して徹底させよう。アクリル、危険を承知で頼むが先行してくれるか？　普通の騎士たちには荷が重いかもしれないからな」

「むしろ私から言おうと思ってた。なんでここにいるか確認しないといけないしね」

「……アクリルを追ってきた可能性はあるか？」

「……正直、わからない」

「わかった、無理はするなよ。ここからは一緒に行動してくれ。護衛は一歩離れて付いてきてくれ。俺やアクリルが戦闘に入ったら援護を頼む」

「畏《かしこ》まりました！」

　アルが騎士たちに声をかけて、私たちは一緒に森の中を進む。濃い血の臭いは残り香のように残っていて、その後を追うのは容易《たやす》いことだった。

そうして進んでいると、不意に私たちの進む先が騒がしくなった。

血の臭いが更に濃くなり、狼の悲鳴が聞こえてくる。私は思わずアルへと視線を向けると、アルも私へと視線を向けていた。示し合わせたように頷《うなず》き合い、何が起きているのか把握するために木に身を隠して覗《のぞ》き込む。

そこにいたのは狼に囲まれながら肩で息をしている女性だった。何度か噛《か》まれたのか、腕や足から出血しているのが見えた。

髪色は濃い金髪で、その瞳は真紅。その真紅の瞳が恐怖に引き攣《つ》りながらも狼を睨《にら》み付けている。その顔に私は思わず息を呑《の》む。

既視感に記憶が刺激されて蘇《よみがえ》る。噎《む》せ返るような血の臭いと、血だまりと、肉片が無数に転がっている。その中で私に冷たい視線を送っていた人の中に、あの女の顔が——。

「アクリル、大丈夫か？」

「ッ、はぁ……アル……」

アルに肩を掴《つか》まれて、小声で声をかけられる。狼たちは吼《ほ》えながら女性に喰《く》らい付かんと隙を窺《うかが》っており、それを女性が魔法で退けている音が聞こえてきた。

少しだけ意識が飛んでいたみたいだ。思い出してしまった記憶の名残を振り払いながら、アルへと視線を戻す。

「アル、あの女に見覚えがある」

「何？　それは、まさか……」

「あの女、ヴァンパイアだ。なんでこんなところに……」

「……そうとわかったら見逃すことは出来ないな。やれるか？　アクリル」

「勿論《もちろん》、やれるよ」

「よし、なら行くぞ。俺が後ろから魔法で援護する。そうすれば後続の騎士たちも援護に入ってくれるだろう。無茶だけはするなよ？」

「言われなくてもわかってる！」

アルが確認するように言ってくる。それに返事をしつつ、隠れていた木から飛び出して狼に襲われている女へと向かって駆けていく。

「退《ど》け――〝アイスニードル〟！」

アルが腕を振るうと無数の氷柱《つらら》が浮かび、それが狼たちに降り注いでいく。

奇襲によって狼たちの動きが鈍る。私は手にした槍《やり》で首を狙って貫き、頭を切り落とす。

私たちの存在に気付いた狼たちが虚《うつ》ろにも思える瞳で私たちを見つめた。

「な、何⁉」

「そこの女、動くなっ！　巻き込まれるぞ！」

突然現れた私たちに狼狽《ろうばい》する女。彼女に警告しながらアルは地面に手をついた。

瞬間、女を取り囲むように地面から氷柱が突き出した。女に迫ろうとしていた狼たちは退けられ、女は氷柱に取り囲まれて動きを封じられる。

あれなら逃げるのを防止も出来るし、同時に狼からも守ることが出来る。

「総攻撃だ！　殲滅《せんめつ》しろ！」

アルの指示を受けて、追い付いてきた騎士たちも魔法を放つ。

炎や風が舞い踊り、一体、また一体と狼が倒れていく。しかし、足の一つを飛ばそうとも狼は苦しむ素振りも見せずに私たちへと牙を剝《む》こうとしている。

「やっぱり、あのおかしな魔物と一緒だ……！」

「手を止めるな！　バラバラにしても構わん！　確実にトドメを刺せ！」

四肢の一部がもげても止まらない血塗《ちまみ》れの狼たち。その異様な姿に騎士たちも動揺したのか、一瞬攻撃の手が止まる。けれど、すぐさまアルが号令を下したことで攻撃が再開される。

先程よりも苛烈に放たれた魔法は狼たちを動くことが出来なくなるまで粉砕する。

私とアルは魔法の間をくぐり抜けるようにしてトドメを刺すために狼たちの頭か心臓を確実に潰す。

「ちっ、再生している個体もいるな。面倒な！」

「だから厄介なんだよ、このおかしな魔物は！」

異様としか言えない狼たちを倒し続けて、血の臭いに噎せ返りそうになるぐらいになったところで起き上がってくる狼たちがいなくなった。

騎士たちの中には血臭に吐きそうになっている者たちもいる。本当に酷《ひど》い光景だった。

少し前まで、私はこんな頭がおかしくなりそうな環境に放り込まれていたことを思い出すと身体が震えそうになる。

「アルガルド様！　うわ、なんだこりゃ！」

騒ぎを聞きつけてきたのか、冒険者たちも駆けつけてくる。けれど、この光景を見て腰を抜かしそうになっている。

「気をつけろ、まだ息がある魔物もいるかもしれない。警戒を怠るな、息がある魔物は頭か心臓を潰して確実にトドメを刺せ！」

アルの指示で騎士と冒険者たちが後処理に動き出す。その間に私とアルは氷柱で囲んでいたヴァンパイアの女へと近づいた。

疲労困憊《ひろうこんぱい》といった様子で座り込んでいた女はゆっくりと顔を上げて、私とアルを交互に見てから驚きの表情を浮かべた。

「お前は……見覚えがあるわね。まさか、逃げ出したリカントの……」

「黙れ」

私は女の首に槍を突きつける。こいつが私をあの地獄に放り込んだ一人だと思えば、今すぐ八つ裂きにしてしまいたい気持ちが込み上げる。

しかし、槍を突きつけられた女は気にした様子もなくぼんやりとしていた。こいつ、命が惜しくないのか？　それとも私が殺さないと思っているのか？

「貴様はヴァンパイアだな？」

「……貴方《あなた》は貴方で何者？　私たちが知らないヴァンパイアなんて……」

「お互い、やはりわかるものだな……貴様を拘束させて貰《もら》う。知っていることは洗いざらい吐いて貰うぞ。貴様らが何を企《たくら》んでいるのかをな」

アルが鋭く突きつけるように告げると、女はへらりと笑ってみせた。

それから疲労が抜けきらない表情のまま、私たちを見上げて声を上げて笑い出す。

「は、ははは、そんな悠長なことを言ってられるかしら？　ねぇ、死にたくないならさっさと私を殺した方がいいわよ？」

「何だと……？」

「殺すならさっさと殺しなさい！　〝アレ〟が来る前に！」

「アレ……？　アレとは何だ？」

「そんなの、説明している暇はないのよ！　貴方たちがやらないなら、自分で死んでやるわよ！」

自分から槍を摑んで、自分の喉に突き刺そうとする女。それに驚いて私が槍を引いて、アルが女を拘束して押さえ込むことで自死を防ぐ。

「殺して、殺しなさいよ！　早く、早く！　あの化け物がまた私を見つける前に！」

「くっ、なんなんだ、こいつは……！　落ち着け！」

アルの拘束を振り解《ほど》こうとしながら、女は暴れ続ける。

「──貴方たちだって助からないわよ、皆《みんな》、皆！　皆、食われて死んじゃうのよぉッ！　アレに食われたら、ずっと、ずっと死ねないまま殺されるのよぉッ‼」

埒《らち》が明かないと見たのか、アルは女の首を絞めて呼吸を止めさせた。

アルに押さえ込まれながら呼吸を封じられた女は、大きく身を震わせて意識を失った。

ぐったりと倒れ込んだ女を見下ろしながら、アルは眉を顰《ひそ》める。

「……何なんだ、一体」

「わからない。でも、食われて死ぬのに、死ねないまま殺されるってどういうこと？」

「わからん……とにかく、拘束して尋問するしかない」

アルは頭が痛そうに押さえながら呟《つぶや》くように言った。

「後は姉上たちにも報《しら》せておくべきだろうな。カンバス王国のヴァンパイアを捕獲した、と。それに……」

ちらり、とアルは騎士と冒険者たちが片付けている魔物の残骸を見つめる。

これだけの血臭だ。暫《しばら》くここから臭いが取れなくなってしまうかもしれない。どこまでも真っ赤に染まった森に、アルは深く溜息《ためいき》を吐《つ》いた。

「――この魔物のことも報告しなければな。もし、ここ以外でもこんな魔物が出ていたら厄介なことになるぞ……」

6章　再び辺境へ

フィルワッハでの後味の悪い事後処理を終えて、私たちは王都へと戻ってきた。

しかし、何やら王城が慌ただしい気配に包まれている。喧騒《けんそう》を感じ取ったレイニが並走しながら不安そうに声をかけてくる。

「これは、何かあったんでしょうか？」

「さぁ……？　困ったな、ユフィにすぐフィルワッハでの一件を伝えたいんだけど」

レイニと言葉を交わしながら私は離宮の庭へと降り立った。すると待ち構えていたかのようにイリアが離宮から出てきて、こちらへと駆け寄ってくる。

「アニスフィア様！　お戻りになられましたか」

「イリア、何かあったの？　王城が何か騒がしかったんだけど……」

「申し訳ありません。お戻りになられたばかりで疲れているかと思いますが、すぐにでもユフィリア様の元へと向かってください。アニスフィア様にお伝えしなければならない話があるのです」

「私に？　急ぎの話なんだね？　わかった。こっちも報告しなきゃいけないことがあったからすぐ行くよ。あと、ティルティを休ませてあげたいんだ」

ティルティはレイニに支えられているけれど、足元がおぼつかないままだ。

そんな様子を見たイリアは目を見開き、すぐさま目を細めた。

「そちらでも何かあったんですか？」

「詳しくは後で話す。ユフィのところには私とレイニで向かうよ。他の皆は休ませてあげたいんだけど……」

「わかりました。では、アニスフィア様はレイニと一緒に登城をお願いします。恐らくすぐに王都を出ることになると思いますが……」

「王都を出る？　ユフィが？　何で？　……いや、ユフィに直接聞けばいいか。イリアは皆をお願い。レイニ！　ユフィが呼んでるって！　すぐ王城に向かうよ！」

「わ、わかりました！」

「ガッくんとナヴルくんもお疲れ様！　このまま休んでって言いたいけれど、そうはならないかもしれない！　準備を整えておいて！」

「了解です、アニス様」

「畏《かしこ》まりました。それではまた後ほど」

ガックんとナヴルくんに声をかけて、ティルティをイリアに預けた私たちは王城へ向かった。到着するとすぐメイドが執務室へと案内してくれた。

「ユフィ、今戻ったよ！」

「アニス、レイニ！　待っていました。おかえりなさい」

執務室にはユフィの他に父上と母上がいた。二人とも深刻な表情を浮かべている。

重苦しい雰囲気に自然と私の表情も引き締まった。

「何かあったの？　急ぎだって聞いたけれど」

「辺境よりアルガルドから急報がありました」

「アルくんから急報？　内容は？」

「国境を越えて逃げてきたヴァンパイアを捕まえたそうなのです」

『ヴァンパイアを捕まえた⁉』

私は驚きのあまり、そう叫んでしまった。隣にいるレイニも一言一句同じように叫んだので声が被《かぶ》ってしまう。

「アクリルが証言しました。まず間違いないでしょう」

「アクリルちゃんが証言したんだ……それなら確実だろうね」

「それから、ヴァンパイアを捕まえた際に奇妙な魔物と交戦したそうなのです」

「えっ……？」

「魔物をヴァンパイア化させて使役しているのではないかとアルガルドは報告してきましたが……どうしました？　二人とも」

ユフィの言葉を聞いて、私とレイニは思わず互いの顔を見合わせてしまった。

これは一体、どんな偶然なんだろうか？　顔を見合わせた私たちにユフィは不思議そうに首を傾《かし》げている。

「ユフィ、実は私たちからも伝えなきゃいけないことがあるんだ」

「伝えなきゃいけないことですか？」

「多分、私たちもアルくんが言っている魔物たちと遭遇した。それから、パレッティア王国に入り込んでいたヴァンパイアとも」

「なんだと⁉」

「アニス、それは本当なのですか⁉」

ユフィが驚きに目を見開き、父上と母上も焦燥を感じさせる声を上げた。

「私たちが遭遇したヴァンパイアは王国に対して強い敵意を持っていたんだ。それもずっと昔、王国がヴァンパイアの祖先を追放した時から。それからずっと力を蓄えていたのかもしれない」

「……その話が本当なら、私たちは思っていた以上に後手に回っていますね。こうなれば少しでも情報を得なければなりません。義父上《ちちうえ》、義母上《ははうえ》、私が不在の間、政務の代行をお願い致します」

「どうしてもユフィリアが直接行かなければダメなのか？　相手はヴァンパイア、情報を聞き出すならアルガルドでも……」

父上が心配そうに眉を寄せながらユフィに言う。でも、ユフィは首を左右に振った。

「今は確実に情報を得るべきです。それにアルガルドの元に更なる戦力が送り込まれた場合、手がかりどころかアルガルドも喪《うしな》ってしまいます。今、この状況でヴァンパイアの対抗策となりえるアルガルドを喪うのは、かなりの痛手です」

「それは、そうだな……」

「ユフィリア。辺境に向かうことは止めません。でも、それならば〝王天衣〟も持っていきなさい」

「母上⁉」

母上の言葉に対して私は目を丸くしてしまった。ユフィも同じような反応をしている。

〝王天衣〟は飛行用魔道具のお披露目の際、私とユフィが纏《まと》っていた特別製のドレスだ。

あれは今後の開発に役立てるために大事に保管していたんだけれども……。

「エアドラとエアバイクもあるとはいえ、万が一に備えるに越したことはないでしょう。最悪、王天衣で貴方《あなた》たちだけでも王都に戻ってくる必要があります」

母上が告げた最悪の想像、その事実の重さに私は眉を寄せてしまった。

確かに王天衣があれば最悪、エアドラやエアバイクに問題が起きた時の保険になる。

「でも、王天衣はエアドラやエアバイクよりも燃費が悪いですよ？　元々、長距離を飛ぶために使うものではありませんし……」

「それもわかっています。ですが、貴方たちはパレッティア王国には欠かすことが出来ない存在なのです。今回は貴方たちしか適任がいないから送り出しますが、本来であれば臣下を使うべき場面だということを覚えておきなさい」

「母上……」

「貴方たちは強い。ですが、貴方たちの価値は無二なのです。命の重さと価値は平等ではないのよ。だから備えが出来るなら幾らでもするべきだわ。子を思う母の願いを叶《かな》えると思って聞き入れなさい。良いですね？　アニス、ユフィ」

「……わかりました」

「ええ、義母上の言うように備えるに越したことはありませんからね」

私とユフィは母上の言葉に神妙に頷《うなず》いた。返事を聞いた母上は手を合わせて鳴らす。

「それならば急いで支度を。護衛もアニスにつけていた彼等《かれら》をつけましょう。事情が事情なだけに数を送り込めないのが不安ではありますが……」

「生きて戻ったら、義母上の不安を減らせるように尽力致しましょう」

「……ええ、約束よ」

ユフィの宣言に母上は不安を滲《にじ》ませながらも笑みを浮かべてくれた。

命の価値は平等ではない。私たちには成し遂げなければいけないことがある。だから生きて戻らなければならない。改めて突きつけられた言葉が胸を重くする。これが責任だ。私たちが始めた、望んだ未来に向かうために背負っていかなければならないもの。

でも、その重さに負ける訳にはいかない。だからこの国を狙う脅威があるならば立ち向かわなければならない。

(ヴァンパイアたちの好きにはさせない。この国には守りたいものがたくさんあるから)

それから私たちは慌ただしく辺境へ向かうための準備を急いだ。

私とユフィは王天衣に着替えて、その間にレイニたちが準備を整えていく。

辺境に向かうのは私とユフィ、レイニ、護衛としてガッくんとナヴルくんだ。今回は私とユフィがエアドラに、レイニたちはエアバイクを一台ずつ使用する。

出発前にエアドラに問題がないか確認をしていると、イリアの肩に支えられながらティルティが姿を見せた。

「ティルティ⁉　何やってるの、そんな顔色で出てくるなんて！」

「……アニス様たちが慌ただしそうにしてるから、おちおち寝てられなかったのよ」

不機嫌そうにティルティはそう言った後、顔を近づけて目を覗《のぞ》き込んできた。あまりにティルティが真剣なので、私は彼女にされるがままになってしまう。

「……またあんなバケモノと遭遇する可能性があるんでしょう？」

「ないとは言い切れないかな……」

「それでもアニス様ならなんとか出来そうな気がするのよね。本当、キテレツなくせしてとんでもないんだから。それともキテレツだからかしら」

「はいはい、急いでるんだから。具合が悪い人は大人しく寝てなって」

「アニス様」

ティルティが私の肩に手を置いて、そのまま寄りかかるように身を預けてくる。

その手が震えていることに気付いて、私はティルティの手に自分の手を重ねた。

「……絶対に帰ってきなさいよ」

小さく、今にも消え入りそうな声でティルティがそう言った。

私はティルティの背中を撫《な》でるように触れて、彼女の耳元で囁《ささや》くように言った。

「必ず戻ってくる。やりたいことが山ほどあるし、ティルティにも付き合わせるからね」

「……戻らなかったら一生笑ってやるから」

私の返事を聞いたティルティはゆっくりと離れる。よろめきそうになったティルティをすかさずイリアが支えている。

イリアも心配そうな表情を浮かべていたけれど、すぐに微笑を浮かべて言った。

「お帰りをお待ちしております、どうかお気を付けて」

「うん、行ってくるね」

イリアがティルティを支えたまま一歩下がる。点検を終えたのか、レイニたちはエアバイクに跨《また》がって起動させている。

「アニス、行きますよ」

「わかったよ、ユフィ」

ユフィの後ろに乗ると、エアドラが空へと上がっていく。

そのまま矢が放たれたように私たちは飛翔《ひしょう》した。後ろを振り向けばティルティとイリアが見送ってくれている姿が見える。それを見届けてから視線を前へと向ける。

風を切り裂きながら向かうのは辺境、アルくんの元へ一直線だ。

＊　＊　＊

私たちが辺境に辿《たど》り着いたのは日が沈んで夜になる直前だった。

以前来た時よりも手入れが進んだ庭に着地すると、騎士や冒険者たちが目を丸くさせて私たちに視線を向けている。

「アニスフィア王姉殿下⁉　ユフィリア女王陛下まで⁉」

「やぁ、皆《みんな》。ちょっと久しぶりだね、悪いけどアルくんに取り次いで貰《もら》えるかな？」

「は、はい！　すぐに報《しら》せて参ります！」

慌ただしく騎士が屋敷の中へと駆け出していく。

流石《さすが》に飛びっぱなしだったからレイニたちの表情には疲れが見える。休ませてあげたいけれど、まずは話を聞くのが先だ。

「アルガルド様がすぐにお会いになられると！　執務室までお越しください！」

「わかった、ありがとう。ユフィ、行こう」

「ええ」

アルくんに報せてくれた騎士が素早く戻ってきたので、私たちも屋敷の中へと入る。

執務室に辿り着くと中にはアルくんとアクリルちゃんが待っていた。

「姉上、ユフィリア、まさかこんなに早く、しかも直接やってくるとは驚いたな」

「私が直接動くべきだと判断しました。アルガルド、申し訳ありませんが本題に入ってもよろしいですか？」

「あぁ。それならすぐに捕縛したヴァンパイアを確認するか？」

「大人しくしているのですか？」

「かなり疲弊していたようでな。まだ眠っている。だが、そろそろ目を覚ましてもおかしくはないだろう」

「寝てても叩《たた》き起こす」

アクリルちゃんは不機嫌極まりないといった様子で毛を逆立てさせている。

これは私の時よりも激しい嫌悪《けんお》を感じる。アクリルちゃんがヴァンパイアにされてきたことを思えば、この反応でも仕方ないか……。

「それでは案内しよう。捕縛したヴァンパイアは地下に閉じこめている」

私たちはアルくんの先導でヴァンパイアがいるという地下室へと向かった。

ひんやりとした空気が漂う薄暗い地下室。暗闇を照らす灯《あか》りがなんとも言えない雰囲気を醸《かも》し出している。

そうして辿り着いた先、牢屋《ろうや》の中のベッドで一人の女性が横たわっていた。

「あれがヴァンパイアなの……？」

「あぁ。……眠っていればただの人にしか見えないがな」

「それ、本当に厄介なんだよね……」

改めてヴァンパイアの厄介さを思い知らされてしまう。

さて、彼女から情報を引き出すために、多少無理矢理でも起きて貰わないと。そう思っていると小さな呻《うめ》き声が聞こえた。

「……うっ……」

「……タイミングが良かったな」

ぽつりとアルくんが声を零《こぼ》すのと同時に、女性が身動《みじろ》ぎをして目をゆっくりと開く。

真紅の瞳が半覚醒のまま私たちを見ると、女性は驚いたように飛び上がって背中を壁にぶつけた。

良く見れば腕や足にも枷《かせ》がつけられている。じゃらりと鎖が擦《こす》れる音が聞こえてきた。

アルくんは牢屋の鍵を開き、そのまま早足に女へと近づく。

「いたっ!?　くっ……ここは一体!?」

「目が覚めたか、ヴァンパイア。先に言っておくが、無駄な抵抗はするなよ」

「お前は……！」

アルくんを忌々《いまいま》しそうに睨《にら》み付け、拘束されているのにも拘《かかわ》らず起き上がろうとするヴァンパイア。

しかし、ヴァンパイアが起き上がるよりも先にアクリルちゃんが飛びかかり、首を押さえつけるように壁に叩き付けた。

「動くな、あと勝手に喚《わめ》くな」

「ぐっ……！　お前は、リカントの……」

苦しげに呻き声を零すヴァンパイア、その首にアクリルちゃんがどんどんと圧力をかけていく。このまま首を折ってしまうんじゃないかと心配になる程だ。

「アクリル、下がれ」

「でも」

「下がれと言ったのが聞こえないのか？」

アルくんに強く言われて、アクリルちゃんが渋々といった様子でヴァンパイアから手を離した。

首への圧迫が和らいだことで、ヴァンパイアは軽く咳《せ》き込んだ。それから呼吸を落ち着かせてから顔を上げて、私たちの存在にも気付いた。

すると、ヴァンパイアは驚いたような表情を浮かべた。

「……ティリス？」

呆然《ぼうぜん》と呟《つぶや》かれた名前は、レイニの母親の名前だった。ヴァンパイアは呆《ほう》けたままレイニを見つめている。レイニは一度、唇を引き結んでからゆっくりと開いた。

「私は、ティリスではありません。ティリスは私の母です」

「ティリスの娘……？　ティリスは……？　ティリスは、アイツはどこにいるの⁉」

「……母は亡《な》くなりました」

「……亡くなった？　死んだの、ティリスが？　……はは、あははははっ！」

ヴァンパイアの女はレイニの言葉を聞いて呆けた後、呆《あき》れたように笑い始めた。

「死んだのね、あの馬鹿。どこまでも自由で、自分勝手……ズルいじゃない」

「貴方《あなた》は母を知っているんですか？」

「……ええ、知っているわよ。まさかティリスが子供を産むなんてね。子供なんて絶対に作らないと思ってたのに」

「教えてくれませんか？　母のこと、貴方のこと、そしてヴァンパイアのことを」

レイニがヴァンパイアの女へと近づきながら問いかける。レイニを見上げるように顔を上げたヴァンパイアは、そっと息を吐いた。

「……貴方、名前は？」

「レイニです」

「レイニ……そうね。ティリスの娘なら話してあげてもいいわ。その代わり、話したら私を殺して頂戴。なんだったら私の魔石をくれてやってもいい。そうすれば貴方の力を増すことも出来るし、良《い》い話でしょう？」

「……どうして、そんなに死にたがるんですか？　何を恐れているんですか？」

レイニが静かに問いかけると、ヴァンパイアの女はびくりと身体《からだ》を震わせた。震える身体を押さえ込むように丸まり、呼吸を荒くし始める。

「……ティリスは正しかったのよ。私たちはもっと早く気付くべきだった」

「……気付くべきだった？　一体、何に？」

ヴァンパイアの女はレイニの問いかけにはすぐに答えず、落ち着かせるように深呼吸をする。それからゆっくりと顔を上げて、静かに語り出した。

「……まず名乗るわ。私はルエラ。ティリスとは同世代の生まれで、幼馴染《おさななじ》みだったわ」

「お母さんの幼馴染み……」

「アイツは本当に変わり者だったわ。ヴァンパイアに生まれたくせに、一族の使命に背いて出て行ってしまう程にね」

「ヴァンパイアの使命……ルエラって言ったわね？　その使命って何？」

「使命は二つよ。まず一つ目は魔法の真理を探究すること。そして、二つ目は祖先を追放したパレッティア王国への復讐《ふくしゅう》。ただ、復讐は長老の世代が拘《こだわ》ってただけで、私はあまり興味がなかったけれど」

「……長老ってどれだけ生きたヴァンパイアなの？」

「二百年か三百年じゃないかしら？　もうかなり数が減ったけれども」

「ルエラ、貴方は？」

「私は百年とちょっとよ」

予想はしていたけれど、平然と言われるとやっぱり息を呑《の》んでしまう。改めてヴァンパイアは人を超越した魔物なのだと思わされた。

「えっ、ルエラさんが百歳を超えてるなら、もしかしてお母さんも……？」

「だいたい同年代よ。十年とか二十年の誤差はあるけれど」

「誤差が大雑把ね……」

何百年も生きるヴァンパイアからすれば十年や二十年は誤差だと言ってしまえるような年月かもしれないけれど、聞いているこちらとしては呆れてしまいそうになる。

「私たち、若いヴァンパイアは真理を探究するのが目的だった。だから復讐なんて本当にどうでもよかったの。それよりも真理の探究に時間を割きたかった」

「でも、復讐を望んでいたヴァンパイアもいたんでしょう？　よく対立したりしなかったわね？」

「一族の総意は長《おさ》が決めるのよ、そこに個人の意志などあってないようなものだわ」

「長、ヴァンパイアの頂点ということだね。もしかして、それがカンバス王国の王様ってことなのかしら？」

「カンバス王国」

ルエラは私の言葉を繰り返す。そして、肩を軽く震わせてから笑うように言った。

「そうね、そうとも言えるわ。そうじゃないとも言うけれど」

「……どういう意味？」

「カンバス王国は、ヴァンパイアたちがパレッティア王国に悟らせないためのカモフラージュに過ぎないわ。本当は国でもなんでもないの」

「……だからアクリルたちがカンバス王国なんて知らないって言ってた訳か」

「亜人たちは自分たち以外の種族には無関心だった。領域さえ侵さなければ放っておいても良かった。そんな亜人たちを利用して、私たちは国に見せ掛けてきたのよ」

「……パレッティア王国に自分たちの存在を気付かせないためにだね。でも、よくそれでヴァンパイアたちは纏《まと》まっていたわね」

「従わせたのよ。私たちの方針は全て長が決める。そして、ヴァンパイアの長になるのに必要なのは単純に力よ。誰よりも強ければ長になれる。私たちにとって魔法こそが全てなのだから。最も魔法が扱える者に従うのが当然だったのよ」

「じゃあ、お母さんが裏切り者だって言われてたのは……？」

「……裏切り者？　ティリスが自分のことをそう言ってたの？」

「ここに来る前、貴方とは別のヴァンパイアに遭遇した。そのヴァンパイアがレイニの母親を裏切り者だって呼んでたわ」

「なんだと？　ここ以外にもヴァンパイアが現れていたのか？」

アルくんが驚いたように私を見ながら聞いてきた。私も頷《うなず》いて言葉を返す。

「フィルワッハでちょっとね……」

「……フィルワッハか。確かに辺境に接しているといえばそうだが、そこにまでヴァンパイアが現れていたとはな」

「その話はまた後で。聞きたいことは順番に聞いていきたいから。それでレイニの母親が裏切り者って呼ばれる理由は？」

「……ティリスは長老の意向に逆らって出て行ったわ。確かに裏切りだと言う奴《やつ》はいたけれど、別にティリスが何かした訳でもない。逆にティリスが一族を見限ったのよ」

「見限ったって……どうして？」

「変わり者だったからよ。私たちは真理の探究が出来ればいいし、それ以外に優先することがあったとしても精々パレッティア王国への復讐ぐらいよ。そんな中でティリスは本当に変わり者で、真理の探究にすら興味がない奴だった」

ぽつぽつと語るルエラの表情はどこか遠くを見つめているかのようだ。思い出の輪郭をなぞるように彼女はティリスさんのことを語る。

「ティリスの才能は優れていて、なろうと思えば長にだってなれたかもしれない。でも、彼女はそんな地位に興味を持たなかった。むしろ近隣の亜人たちの元を訪ねて交流するような奴だった。だから苛烈な奴からは大層嫌われてたのよね」

「ヴァンパイアが真理を探究することを何より至上としているなら、レイニの母親は確かに変わり者だな」

アルくんが興味深そうな声でそう呟いた。するとルエラが鼻を鳴らすように笑う。

「だから厭気《いやけ》が差して出て行ったんでしょうよ。ティリスはヴァンパイアらしくなかったから。アイツが子供を作って、もう亡くなってるだなんて驚いたわ。最後まで雲みたいに摑《つか》み所のない女。馬鹿な奴だと思ってたけど、今となっては羨ましい限りね……」

寂しそうにルエラは呟いた。その姿からティリスさんと関係が深かったことが窺《うかが》える。

しんみりとしているけれど、昔の話を聞けて良かったで終わらせる訳にはいかない。

「ティリスさんはヴァンパイア以外の一族とも交流を持っていたんだよね？　だったら他のヴァンパイアにだって少なからず交流はあった筈《はず》。それなのにどうして他の亜人たちを奴隷のように虐《しいた》げたの？」

「……方針が変わったのよ」

「方針？」

「そうよ……あんな、あんなバケモノが生まれたから」

「バケモノ……？」

「アレが生まれてから全部がおかしくなったのよ！　アレが長になるのを許すべきじゃなかった。もっと早く、殺せる内に殺しておくべきだった……！」

手が自由であれば頭でも抱えていたかもしれない。それだけ取り乱してルエラは震えていた。身体は恐怖で震えて、汗が噴き出ている。

私たちの声が届いているのかもう定《さだ》かではない。一体、何があればここまで取り乱すようなことになってしまうんだろうか。

「ルエラ、そのバケモノってなに？　今のヴァンパイアの動きはその新しい長が指示しているということなの？」

「そうよ……アレは生まれた時からバケモノだった。物心ついた時から頂点に立つ片鱗《へんりん》が見えていた。それだけ才能に恵まれていたから、皆《みんな》が心酔した！　アイツが頭のおかしいバケモノだと誰も気付かないまま、アレを担《かつ》ぎ上げていたの！」

「ルエラ、落ち着いて」

「落ち着ける訳ないでしょ！　あんなの、あんなの、もうダメよ！　皆、死ぬのよ！　あのバケモノに皆喰《く》われて生かされたまま殺され続けるの！」

「ルエラ！」

「アレは絶対、私を捜し当てる！　絶対、地の果てまで逃げても追いかけてくる！　だからもう死ぬしかないのよ！　はぁ……っ、はぁ……っ！　だから、お願いだから、今の内に私を殺してよ……‼」

すっかり惑乱してしまったルエラは俯《うつむ》いて嗚咽《おえつ》を零《こぼ》し始めた。

もう会話になりそうにもない。だけど、ここまで彼女が恐怖を抱いているのは新しく長になったというヴァンパイアが原因だというのはわかった。

そこで私が思い出したのはフィルワッハで出会ったヴァンパイアだった。

数多《あまた》の命を呑み込み、それを己の下僕として扱う姿。あのヴァンパイアの女は最後に誰かの名前を呼んでいたような……？

「――〝ライラナ〟」

ぽつりと、私がその名前を呟《つぶや》くとルエラが弾《はじ》かれたように顔を上げた。

「どうして、その名前を！」

「やっぱり、それが新しいヴァンパイアの長で、貴方《あなた》がバケモノと呼ぶ者の名前なのね」

ライラナ様、と呼んでいたからそうなんじゃないかと思ったけれど、どうやら当たっていたようだ。

ルエラの身体の震えは更に増して、がちがちと歯を鳴らし始めた。もしも、彼女が見た光景がフィルワッハでの光景よりももっと酷《ひど》いものだったとしたなら。

そう考えればルエラの反応も理解出来てしまう。そして、ヴァンパイアが何をしようとしているのかも。

「ユフィ、それに皆、聞いて欲しいことがある。これまで集まった情報から考えたヴァンパイアの目的についてなんだけど――」

私が自分の考えを述べようとした、まさにその時だった。

「――アルガルド様、た、大変です！」

「……何事だ？」

地下室へと勢い良く駆けてきた騎士がアルくんを呼ぶ。その表情は焦燥に駆られていて、彼は息を切らせながら叫んだ。

「ま、魔物が──正体不明の魔物が、この屋敷を突然包囲しました‼」

＊＊＊

──ある怪物の話をしましょう。

それは〝永遠〟という名前の魔法に恋をした、夢見る怪物の話。

──私は、〝魔法〟という奇跡を追い求めた。

それこそが私という生命の命題だったから。果たさなければならない使命だったから。

だから、魔法という名の奇跡の技を余すことなく身につけたいと願った。

私が〝そういうもの〟だと思い出したのは、物心ついた時のこと。

この身に受け継がれていた知識が私を導いてくれた。

誰もが期待してくれた。誰もが望んでくれた。誰もが私を祝福してくれた。

永遠を手にして、真理を手にして、果ての果てまで。

その時、仮初めの永遠は真の永遠になると信じて。

私たちはずっと、それを欲《ほっ》して生きてきた。価値ある永遠になるために生まれてきた。

だから私は正しく生きなければならない。

この身に宿った願いは私一人の願いではなく、私にまで続いた数多くの先人たちが、共に生きる同胞たちが望んだ夢と理想の形だから。

誰一人だって欠かせはしない。魔法は偉大で、人に幸せを与えてくれるもの。

何一つ失われることのない、永久にして完全なる世界。その世界に辿《たど》り着くための魔法なのだから。

だから私が救わなきゃ。永遠になれない不完全な者たちを救ってあげないと。

永遠に足る者であるならば美しくならなきゃ。——あぁ、だから美しさが欲しい。

永遠に足る者であるならば逞《たくま》しくならなきゃ。——あぁ、だから強くなりたいわ。

永遠に足る者であるならば賢《さか》しくならなきゃ。——あぁ、だから知恵を求めるの。

私に救われて良かったと、そう思われなければ。

だから足りないわ。足りなくて、足りなくて、どうしようもなく餓《う》えてしまうわ。

醜いのはダメよ。きっと嫌われてしまうわ。だから綺麗《きれい》なところだけを残しましょう。
必要な分だけを残して、分けてしまいましょう。醜いものは別のものに変えましょう。
捨てるなんて勿体《もったい》ないわ。だから、その子たちも愛してあげましょうね？
いつか私がこの世界を全部幸せに満たせたら、また一つになりましょうね？
それまで老いてはダメよ。置いていくのはダメなの。消えても、欠けてもダメよ。
そう、ずっと。これからも先、ずっと一緒にいましょうね？
そうして、もっと私を美しく、強く、賢くして？
全部、私が覚えていてあげる。だから、もう少し待っていてね？
必ず、この世の全てを私が救ってあげるから。
歌いながらステップを踏むように、私は空を征《ゆ》く。手を伸ばせば、まん丸のお月様。
——あぁ、今日も月が綺麗ね！　きっと良《い》い夜になるわ！

7章　月下の運命

騎士から報《しら》せを受けた私たちは急いで地上へと戻った。

屋敷の外に飛び出すと周囲は夜闇《やあん》に包まれていた。そんな森の夜闇に紛れるようにして無数の唸《うな》り声が聞こえてくる。

屋敷の周囲を囲んでいる魔物の目は異様に赤く、ぼんやりと闇の中で光っているようにさえ見える。その数は夥《おびただ》しく、まるでスタンピードのような騒ぎになっていた。

「と、突然前触れもなく魔物が現れて……！」

「前触れもなく、か……この規模の魔物がか？　冗談ではないぞ」

平静を取り戻せていない騎士が声を震わせている。アルくんは魔物たちを睨《にら》んで苦虫を噛《か》み潰すようにぼやいた。

魔物の群れは屋敷を包囲するだけで、こちらに向かってくる気配は見せない。

「向かってくる気配がないな……完全に操られていると見ていいだろう。それに、異様に赤いあの目は……」

「うん、間違いないだろうね。ヴァンパイアがすぐ傍《そば》まで来てるんだ」

「ルエラを追ってきたということか……」

「──こんばんは、まだ知らないお友達。ご機嫌よう」

皆の緊張が高まる中、その声は頭上から聞こえてきた。声に釣られて見上げると、そこには色白の少女が月を背負うように浮いていた。

まるで月の光を吸い込んだような、太股《ふともも》まで届く白銀の髪。日焼けを知らぬと言わんばかりの白い肌が身に纏《まと》う漆黒のドレスを際立《きわだ》たせている。

瞳の色は妖しげで不吉な真紅。それだけで美しい造形に不気味さを感じさせる程だ。

「な、なんだよ……あれ……人間なのか……？　それとも魔物なのか……!?」

誰かが恐れるように呟きを零した。そんな反応をしてしまうのも仕方ないだろう。

彼女の背には翼があるからだ。コウモリのような翼と、鳥のような翼。二対四翼を広げた姿は何もかもがちぐはぐだ。美しさと醜さが入り混じり、不思議と目を離せなくなる。

そんな摩訶不思議《まかふしぎ》な風貌である少女は、薄《うっす》らと笑みを浮かべながら口を開いた。

「突然の訪問を許してね。大事な捜し物を捜しているの」

異形の少女は無垢《むく》な笑みを浮かべたまま、深々と一礼をする。とても洗練された動作に目を奪われて、ほう、と感嘆の息を零す者までいた。

その妖しげな瞳が軽く細められた瞬間、私の背筋に今までにない痛みが走った。まるで警告するかのように刻印紋が痛みを発している。

「ッ、魅了だ！　皆、意識をしっかり保って！　精神を持っていかれる‼」

私は顔を顰《しか》めながら叫ぶ。私の警告にユフィたちはすぐさま警戒の構えを取った。

私たちが身構えるのに一歩遅れて、騎士や冒険者たちが同じように身構える。

「あら……？　その警戒の仕方、まるでヴァンパイアのことを詳しく知っているみたいね？　どうしてかしら？」

小首を傾《かし》げた異形の少女は、観察するように私たちを見ながら指を向けた。

「そこの金髪の男の子と、黒髪の女の子。貴方たちは私の知らない同胞ね！　気配がよく似ているから兄妹《きょうだい》？　あと、そこの子はリカントの子！　でも不思議ね？　どうしてこの国にヴァンパイアやリカントがいるのかしら？」

本当に不思議だと言わんばかりに小首を傾げる少女。その仕草の一つ一つに目を奪われそうになる。その度に刻印紋が疼《うず》くように痛みを発してくる。

レイニから受けたものよりも深く入り込んでくる魅了。甘い匂いすら連想してしまいそうな蠱惑《こわく》的な仕草はまるで小悪魔のようだ。歪《いびつ》な姿なのに気を抜けばうっかり絆《ほだ》されてしまいそう。だからこそ、逆に悍《おぞ》ましく感じる。

「そんな怖い顔をしなくても良いのだわ。まだ何もしてないの。私はただ捜し物をしているだけ。私たちはお友達になれるのだわ。見知らぬ人たち」

「……人の心を惑わそうとしているのに、よくもまぁそうまで言えたものね」

「？　お話をするなら心地《ここちよ》好くお話をしたいでしょう？　私、何か酷いことをしているのかしら？」

何かが致命的に噛み合っていない。そんな気配を彼女から感じた。今まで感じたことのない程の怖《お》じ気《け》を感じて、冷や汗が出てしまう。

震えるのを必死に抑えたような声でユフィが問いかけた。

「貴方は、一体何者ですか……？」

「私？　やだ、私ったら！　自己紹介がまだだったわね！　初めまして、私はライラナ。新しいお友達。どうぞ仲良くしてくださいな？」

ライラナ。その名前に警戒心が高まる。この少女がヴァンパイアの長《おさ》であり、ルエラがあれ程取り乱す程に恐れていたバケモノと呼ばれた者。

「貴方がライラナ……ヴァンパイアの長という訳ね？」

「あら？　誰から聞いたのかしら。やっぱり私の捜し物はここにありそうだわ。ねぇ？　ルエラというヴァンパイアはここにはいないかしら？」

「知らないと言ったら？」

「うーん、きっと嘘《うそ》ね。嘘をつくってことは、ルエラはここにいるのだわ！」

ニコニコと笑みを浮かべながら、ライラナは無邪気に笑う。こちらが警戒していることはわかっている筈《はず》なのに、それを気にした様子もない。

自信の表れなのか、それとも本当に無邪気なのか。その判別がつけられない。不気味すぎる相手に思わず唾を飲み込む。

「あのね、私は必要以上に貴方《あなた》たちと敵対するつもりはないのよ？　これは本当よ」

「……こんな数の魔物で取り囲んでおいて？」

「えぇ！　だって、そうしたら——無駄な抵抗はしないでしょう？」

当然のように言い放ったライラナ。……まともに問答をしていたら頭がおかしくなりそうだ。彼女はそういった厄介な手合いだ。

「……随分と強気に言ってくれるね？」

「だって、本当のことだもの。それに遅いか早いかの違いになるだけよ？」

「それはどういう意味で？」

「いずれパレッティア王国には滅びて貰《もら》うから。あぁ、でも安心して。命を奪おうという話ではないのよ？　むしろね、私は貴方たちに良い提案をするつもりでいるのよ！」

「滅ぼすと言っておきながら提案とは妙な話ですね。一体、貴方は私たちに何を提案するというのですか？」

無邪気に語るライラナに向けて、ユフィは殺気すら向けながら問いかける。

ユフィに問いかけられたライラナは慈悲深き聖女のように優しげな笑みを浮かべた。

「それはね、貴方たちも〝永遠〟を共にしない？　という提案よ」

「永遠……？」

「そう！　誰も苦しまず、誰も悲しまず、誰もが喜び、幸せになれる永遠。私は皆《みんな》にそんな世界を用意するつもりなの！」

「随分と大きな目標を口にしているけれど……それが実際に叶《かな》うと思っているの？」

「ええ、そのために私たち、ヴァンパイアの魔法への探究があったのだわ」

「永遠っていうのは、私たちも皆纏めてヴァンパイアに変えようってこと？」

「――違うわ。もっと壮大で、崇高な方法で貴方たちに永遠を提供するつもりよ！　永遠とは一つになること！　世界の全てを私が取り込むことで永遠の平和を築くのよ！　差別も、争いも、病も！　全てが一つになって永遠に幸せが続く世界！」

ライラナが告げた願いは、もしかしたら誰もが一度は想像する幸福かもしれない。

永遠の平和。差別もなく、争いもなく、病にかかることもない。全てを認め合い、終わることのない平和が続く世界。

確かに、実現することが出来るなら理想の世界だろう。

でも、私は彼女に心酔するヴァンパイアが思い出すのも悍ましい姿に変わってしまったのを見たばかりだ。

そんな彼女に取り込まれた同胞の末路に涙を流して、慟哭《どうこく》していた男の声を忘れられない。だからこそ、彼女の言葉が信じられない。

そんな私たちの反応を気にする様子もなく、ライラナは歌うように語り続ける。

「人は脆弱《ぜいじゃく》だわ。老い、衰え、病にかかってしまう。限りある命に怯《おび》え、炎のように生命を消費してしまう。それが人だわ。でも、だからこそ人は大いなる目標に向かって進むことが出来る。人生に価値を見出《みいだ》して未来に向かっていく。人ってとても素晴らしいわ！　だから私も人を愛している。愛しているから私が永遠の存在となって、皆と一つになることで永遠の世界を実現させるの！　永遠になれば何も失わない！　傷つけ合う必要もないでしょう？　人はずっと幸福になるの！」

「――ふざけるなっ‼」

恍惚《こうこつ》としたライラナの言葉を遮ったのはアクリルちゃんだ。彼女は忌々《いまいま》しそうにライラナを睨み付け、すぐにでも飛びかかりそうだ。

「永遠なら幸せ？　その幸せとやらのためにアンタたちが何をしたのか忘れたとは言わせないわよ！　人を攫《さら》って、妙な魔物を殺させるために良《い》いように使ってきたじゃないの！　そんな奴等《やつら》が言う幸せなんて心の底から信じられる訳ないでしょうが！」

声を荒らげさせながらアクリルちゃんがそう言い切った。

その言葉を聞いたライラナは軽く小首を傾げて、心底不思議そうに言った。

「――だって、貴方たちが弱かったからいけないんでしょう？」

悪びれた様子もなく、ただ無邪気に首を傾げる。

……あぁ、どうしたって彼女とは相容《あいい》れないだろうと悟った。

「ごめんなさいね。貴方たちが弱いとわかっていたのにちゃんと囲ってあげられなくて。まだまだ永遠には程遠いけれど、手が届かない夢物語ではなくなったわ。もう少しで私が全てを救ってあげる。弱いから苦しんだのでしょう？　なら、もう苦しむことなんてなくなるわ！」

「馬鹿にするな！　救うって言いながら、お前たちは私の同胞たちを何人も殺してる！」

「それは誤解なのよ」

「……誤解？」

「――貴方が妙だと言った魔物は〝全部私から生み出したもの〟なの。だから何も死んでいないの。皆、ちゃんと私と一つになって生きているの」

「……何を言っている？」

「私は取り込んだ魂も、魂に宿る記憶も全部〝復元〟出来るもの。〝再生〟は得意なのよ？　だから誰を殺しても、ちゃんと全部元通りになるのよ！」

ライラナとは、何もかもが噛《か》み合わない。だから彼女に何を言っても通じない。

彼女は命をまるで壊れた玩具《おもちゃ》を直すかのように扱っているんだ。彼女に生み出された命は彼女の意志一つで再生出来るから。

私たちとは命への考え方が異なりすぎている。だからこそ、どんなに無邪気に笑っていても悍ましいのだ。

「だから貴方が心を痛める必要はないの。貴方には自分の力を高めて欲しかった。そしたら私とお友達になった時に、私の永遠をもっと尊いものにしてくれたでしょう？」

「こいつ……何を言ってるの……？」

アクリルちゃんが理解出来ない、というように首を左右に振って一歩後ろに下がってしまう。その表情には恐怖や嫌悪感《けんお》が滲《にじ》み出ている。

そんなアクリルちゃんを庇《かば》うようにアルくんが前へと出た。

「……ライラナ、と言ったな。貴様の言葉は何の慰めにもならん」

「あら？　どうしてかしら？」

「貴様には人の心がわからないんだろうな。貴様の言う救いなど、貴様にとっての主観でしかない。それで人を救うなどと片腹痛い。人形遊びなら一人でやっていろ。お前はただのバケモノだ。だから何も救えやしない」

「あら……！　そこまで否定されるのは初めて。同じヴァンパイアなのに！」

アルくんの指摘にライラナは小さく驚きながらも、あっさりと頷《うなず》いてみせた。

「それなら、貴方もお友達になってくれたらお互いに理解し合えますね！」

「……お友達。それはお前が取り込んだ者たちのことをそう呼ぶの？」

思わず私が問いかけると、ライラナは至極当然だというように言った。

「ええ、そうですよ？　価値ある人間が失われるのは世界の損失です。だから私が保護してあげなきゃ。終わらない世界で、失われることのない幸せな夢を見せてあげますから。だから私に教えてくださいね。——私は皆を幸せにしたいのですから」

「――もういい。貴方と話しても何も解決しないことがよくわかった」

私の感情が昂《たか》ぶったのに反応して、ドラゴンの刻印紋が目覚めた。

こいつは生かしておいてはいけない生き物だ。出来ることなら今、ここで排除しなければならない脅威だ。

怒りや焦燥、危機感が入り混じった感情に反応してドラゴンのオーラが蠢《うごめ》くように溢《あふ》れ出していく。

そのオーラを感じ取ったのか、ライラナがここに来て初めて驚きの表情を見せた。

「……あら、あらあら！　まぁまぁ！　なんてこと！」

ライラナは心底驚いたという様子のまま、ゆっくりと地上へと降りてきた。そして私に視線を向けたまま、表情を恍惚とした笑みへと変えた。

「どうして気付かなかったのかしら……私ったら、もうダメね！　失礼しました、素敵な人！　あぁ、こんなに素敵な人がこの世にいるのね！　貴方、そう貴方よ、お名前を教えて頂けないかしら？」

「は……？　急に何……？」

ライラナは目を潤ませ、切なげな吐息を零《こぼ》しながら私だけを見つめてくる。その仕草に覚えがあって、まさかと思いながら彼女を観察する。

「これが、そう、これが……恋というものなのね！」

「……は？」

浮かれきったライラナの声とは対照的に、隣から低く呟《つぶや》かれた短いユフィの言葉がとても重苦しかった。

空気が一気に重たくなり、皆が私たちから一歩距離を取るぐらい不穏な気配をユフィが放ち始めている。

「こんなにも目を奪われる美しい生命は初めて見たの！　ええ、ええ、これは間違いなく恋なのだわ！　そして運命なのだわ！」

突然浮かれ果てたライラナに私はどんな顔をすれば良いのかわからなかった。

困惑している私を他所《よそ》にアルカンシェルを抜いたユフィが今まで見たことがないような表情でライラナを睨《にら》み付けている。

「ヴァンパイアの長、ライラナ。ここはパレッティア王国、我が領土。その領土で勝手な振る舞いを許すことは出来ません。……ましてや、アニスに懸想《けそう》するなど以《もっ》ての外《ほか》です。その命が惜しければ軽はずみな言動を慎みなさい」

「あら……その御方《おかた》はアニスと言うのね？　親切にどうもありがとう！　でも、いずれは私に呑《の》み込まれる国でしょう？　どう振る舞おうとも私の自由よね？」

「……言ってわからないのなら、滅ぼしてあげましょうか？」

ユフィの全身から魔力が圧を伴って発された。今までにない程の怒りを感じる。めちゃくちゃ怒ってる……！　あのユフィがこれ以上ないぐらいに……！

ライラナはユフィの怒りを受けながらもキョトンとしている。

「……まさか、貴方《あなた》は精霊契約者なの？　もしかして、貴方が今の国王なのかしら？」

「だとしたら？」

「それは礼儀を欠かしてしまいました！　改めて名前をお伺いしても？」

「ユフィリア・フェズ・パレッティア」

「ユフィリア……ええ、覚えたわ。改めて自己紹介を、私はライラナ。永遠を求めた我が祖先、その悲願を背負う者。その悲願のために、かつて祖先を追放した貴方たちに証明しましょう。──古き魔法の象徴など、既にこの世には不要だということを！」

ライラナは態度を改めて静かに、しかし力強く言い切った。

「私は古き魔法の時代を終わらせ、真《まこと》に生きとし生ける者たちの楽園を築くわ！　誰もが永遠に苦しまず！　幸福でいられる世界を！　その手始めに古き魔法である貴方たちを、この国を私が頂きましょう！」

「そんなこと、させる訳にいかないでしょ！」

私はユフィと並ぶように前に出て、ライラナを睨み付ける。するとライラナは私に向けて熱の籠もった視線を向けてくる。

「何故《なぜ》？　どうして貴方のような素晴らしい人が、精霊契約者の隣に並ぶのかしら？　パレッティア王国の民と魔物は相容れぬ存在だというのに」

「私がこの国を守りたいと思っているからだ。私はこの国の王女だから」

「……貴方が王女？　尚更《なおさら》理解に苦しむわ！　長き時を経てパレッティア王国も変わってしまったのかしら？」

「これから変えていく途中なんだよ！　だからお前のような人に国を荒らされるのなんて許せる訳がないでしょう!?」

「どうしてですか？　私の手を取れば永遠の幸福が手に入るのに？」

「お前の言う理想が本当に素晴らしいことなら、皆《みんな》が喜んで受け入れてくれる筈《はず》。でも、そうなってない！　それはお前の思い描く幸福に欠陥があるからだ！　本当に救いたいと思うなら相手を理解しなきゃ本当の救いなんて見えてこない！　お前の言う幸福は、ただのエゴの押し付けだ！」

「……エゴ。それの何が悪いのですか？」

心底不思議そうにライラナは首を傾《かし》げてみせた。

「この世界には、自分の力だけでは救われぬ生き物が多すぎるのです。なら、誰かが管理して救ってあげないといけないでしょう？　勝手に不幸になってしまうのだから」

「私たちは家畜じゃない！　お前の言っている管理は支配の言い間違いでしょう⁉」

「支配することが悪いことなんですか？」

「悪いって思えないなら、私たちは一生分かり合えないね！」

　私がそう叫ぶと、ライラナは信じられないというように首を左右に振った。

「……理解出来ません。そこまで美しい貴方が、どうしてそのような生き方をするのかが私にはわからない。どうして？　こんなに美しいのに！　こんなに分かり合えると思った人なのに！　どうして⁉」

　突然、ライラナは悲劇を味わったかのように叫んだ。

　私にだって、彼女がどうしてそんなにも執着してくるのかがわからない。この子は私に何を見出《みいだ》しているの？

「……理解出来ない。わからない。そうだ、だから知らなければ。理解するために永遠になって、この世の全てを解き明かして！　皆を幸福にしなきゃ！　失われるものなんてないように！」

　何かを呟いていたライラナは、パッと苦悩の表情を笑顔に変えた。

そして両手を大きく広げながら、再び私へと熱の籠もった視線を向けてくる。

「アニス！　私は貴方が好きです、一目惚《ひとめぼ》れなんです！　貴方が欲しくて！　貴方を理解したくて！　だから私と永遠になって！」

「意味がわからない！　そんな申し出はお断りよ！」

「理解し合えないなら、理解出来るまで溶け合いましょう！　愛《いと》おしい美しい貴方！」

ライラナの笑みの質が変わった。それはとても嗜虐《しぎゃく》的で、これから獲物を嬲《なぶ》ろうとしているかのような捕食者の笑みだ。

私に絡《から》みつくような視線が、その執着を更に強めていく。背筋にぞくりと悪寒《おかん》が走っていく。こんな目に見つめられ続けたらおかしくなりそうだ！

「理解し合えないのは悲しいこと！　胸が張り裂けそうなの！　でも、それも今だけ！　貴方を喰《く》らえば、この痛みは癒《い》やされるでしょう――！」

ライラナの声に応じるように魔物たちが吼《ほ》えた。

それが開戦の合図だった。

「来るよ！　ユフィ、アルくん！　ライラナは私が抑える！　皆の指揮は任せた！」

「はい！」

「言われずともわかっている！」

ユフィとアルくんの返事を聞いて、私は一気に踏み込んだ。

王天衣による飛翔《ひしょう》も加えた加速は一気にライラナと私の距離をゼロにする。ヴァンパイアの厄介さは承知の上、それなら最初から全力で出し惜しみなしだ！

「〝架空式・竜魔心臓《ドラゴン・ハート》〟！」

ドラゴンの魔力をセレスティアルに纏《まと》わせ、魔力刃《まりょくじん》を一気に圧縮して結晶化させる。

私の突撃に反応しようとしたライラナは、セレスティアルの刃に視線を奪われている。

私はどこからどう見ても隙だらけの首を飛ばすように全力で振り抜く。

振り抜かれたセレスティアルは無防備なライラナの首に刃を立てて、けれど斬り飛ばせなかった。

それは単純な硬度の話ではなくて、肉の層を何重にも重ねたような〝分厚さ〟によって受け止められていたのだ。

衝撃を吸収されるように人の形に圧縮された肉は刃に絡みつき、食い込むだけで終わらせる。無理矢理引き抜くように引くと、首からライラナの血が勢いよく噴き出る。

「……あぁ、なんて美しいの」

首に手を添えると噴水のように溢れていた血が巻き戻るように再生する。ライラナはたうっとりとした目で私を見つめている。

……マジか。本気で首を飛ばすつもりで斬ったんだけど、こんな防御方法ってある？

「あぁっ、早く貴方を取り込んで一つになりたい――‼」

ライラナの感情の爆発に合わせるかのように、彼女の背中から無数の蛇の頭が伸びてくる。それは私に絡みつかんと迫ってくる。

私は後ろに跳ぶようにして距離を取りながら蛇の頭を斬り払う。今度はライラナの首の時のような抵抗はなく、あっさりと蛇の頭は斬り飛ばせた。

（本体のぶ厚さはどう考えても異常だけど、伸ばしてきた末端ならあっさり斬れるわね。なら、再生能力が働かなくなるまで斬り刻む……？）

フィルワッハで戦ったキメラのように魔石狙いで潰すのも考えたけれど、どう考えてもその隙がなさそう。とにかく、ライラナを消耗させて大人しくさせないと。

幸い、王天衣のお陰で動きはいつもより自由度が上がっている。簡単に捕まるつもりはない。とにかく無心でぶっ飛ばす――ッ！

「はぁぁッ！」

痛覚もないのかと疑ってしまいたくなる程にライラナは攻撃を避けようという気が一切ない。斬っても斬った先からなかったことにされるように傷が再生する。いや、やっぱりヴァンパイアってインチキじゃない⁉

「あぁ、素敵！　こんな素敵なことってあるのかしら！」

「はぁっ⁉　何が素敵だって言うのよ⁉」

「誰もが私を褒めてくれたわ！　誰もが私を認めてくれたわ！　私が正しいって、私が希望だって言ってくれたわ！　ずっと信じていたわ！　でも、どこか物足りなかったの！」

恍惚《こうこつ》の笑みを浮かべながらライラナの腕の肉が盛り上がり、異形の腕となって私に迫り来る。

「足りないの、まだ足りないの！　永遠が完成していないの！　でも皆が褒めてくれたのだから、私が辿《たど》り着かないと！　魔法の全てを解明して！　永遠を手にしたのなら、皆にその素晴らしさを伝えないと！　永遠に幸福な世界を‼」

ライラナの鋭利な爪にセレスティアルを押し当てるように斬り結ぶ。

今度はあっさり斬れなかったけれど、角度と勢いを変えて根本から斬り飛ばした。

それでもあっさりと腕を復元するライラナ。再生した腕でライラナは自分の身体《からだ》を抱き締める。

「貴方の否定がとても気持ちいいわ！　貴方が私を否定してくれる度に、私という存在が明確になっていくの！　私を見て！　もっと見て！　私をもっとはっきりさせてぇ‼」

「変態なの⁉　もう、近づかないでよッ‼」

苛立《いらだ》ちに任せて、抱きつくように迫ってきたライラナを全力で殴り飛ばす。

拳に分厚い肉を殴った感触が返ってくる。それでも衝撃が抑えきれずにライラナが吹き飛ぶ。

「アニス！　援護します！」

ふと、ユフィの声が聞こえた。

ユフィたちは魔法を使えるアルくんたちや騎士たちに魔物を近づけさせないように牽制《けんせい》していて、その隙に魔法で魔物たちを打ち払っていた。

前に出ている中にはガッくんやナヴルくん、アクリルちゃんの姿も確認出来る。

やはりこいつらも再生能力があるせいでトドメを刺すのが難しく、核である魔石がついた心臓か頭を潰すように立ち回っている。

そんな中で、一歩後方に引いたユフィがアルカンシェルを構えていた。

「〝揺蕩《たゆた》う同胞よ、微睡《まどろ》みの淵《ふち》より我が声を聞きなさい〟」

ユフィは手を刃に合わせて祈りの姿勢を取る。彼女の声に合わせて空気が震え出した。

「〝集え、我が同胞。応えるならば現世の姿を与えよう。我が意、我が願いを果たせ〟」

魔法の発動の前兆のように光が灯《とも》る。光は空中に魔法陣を描き、回転を始める。魔法陣は回転の勢いを速め、光の球へと姿を変えていく。

「――〝精霊顕現〟」


ユフィが胸元で構えていたアルカンシェルを薙《な》ぐように横に振り抜く。

渦巻くように力が光の球に集まり、罅《ひび》が入るように亀裂が走った。そこから溢《あふ》れた光と共に現れたのは――炎と光が女性を象《かたど》った精霊だ。

嫋《たお》やかな女騎士の姿を象った精霊は両手に光と炎の剣を構え、ユフィの下す号令に応じるようにして魔物へと向かっていく。

私の生誕祭で披露された〝精霊顕現〟を己の技として昇華した新しいユフィの魔法。

精霊顕現は〝自律行動する魔法〟というべきものであり、精霊の女騎士は次々と魔物を行動不能にしていく。その力強さは正に圧倒的と言うしかないだろう。

「何度も再生するならば、灰になるまで灼《や》き滅ぼすまで。――行きなさい」

耳障《みみざわ》りな絶叫をあげて魔物たちが倒れていく。そして、手近な魔物を片付けた精霊の女騎士はライラナへと向かっていく。

「なんて力……！　これが精霊契約者による最古の魔法だと言うの⁉」

ライラナは軽くステップを踏むように光と炎の剣を回避する。

私はタイミングを合わせてライラナへと突っ込んだ。首を狙って振り抜いた刃はライラナが掲げた手によって食い止められてしまう。

「アニス！　合わせます！」

精霊の女騎士が炎の剣を振るい、セレスティアルと重ね合わせた。

重ねられた刃がライラナの腕を両断する。しかしライラナの腕はすぐに再生する。

斬り落とされ、ライラナ本体から離れた腕はぶくぶくと膨れ上がって魔物を生み出そうとしている。

「させませんよ。――〝エクスプロージョン〟！」

精霊の女騎士が膨れ上がろうとするライラナの腕に剣を突き刺すと、光が迸《ほとばし》って内部から炸裂《さくれつ》した。

その一撃は一瞬にしてライラナの腕を焼き尽くし、跡形もなく消してしまう。

「まだまだ！　これで終わりじゃないわ！　精霊契約者様の力はこんなものかしら⁉」

ライラナが後退をしながら、今度は自分で自らの腕を引き千切った。

放り捨てた腕がまた魔物を生み出す。これでは、いくら防いでもライラナ本体をどうにかしない限りは堂々巡りだ！

「成る程。――では、眼《め》に映る全てをまとめて灰燼《かいじん》に帰せば良いのですね？」

感情が失せたような淡々とした声でユフィが呟《つぶや》く。彼女がアルカンシェルを振り抜くと、顕現した精霊が溶けるようにして姿を変えていく。

現れたのは無数の蝶《ちょう》、赤い光を纏った蝶はライラナの周囲を旋回する。

「こんな蝶で何を……⁉　ゴホッ、グッ、ゲホッ、ゲホッ‼」

突然、ライラナが喉を押さえて咳《せ》き込み始めた。そのまま膝をつくライラナの周囲を蝶がひらひらと舞う。良く見れば、蝶の羽根から零《こぼ》れ落ちた鱗粉《りんぷん》のような光が漂っている。

やがて、その光は瞬《まばた》き輝くように煌《きら》めいていく。蝶はライラナだけではなく、ライラナが従えた魔物たちにも飛んでいく。

あの蝶の元の魔法は〝エクスプロージョン〟だ。それが小さな蝶となり、小さな爆発をあの周囲で繰り返し起こしているのだとしたら……！

「――〝ディザスター・エクスプロージョン〟」

一つ、二つ、三つ、と。小さな火花のような炎が結びつきながら大きく燃え盛る。

その炎はライラナの身体に纏わり付くように連鎖しながら燃え広がり、そして一気に爆発を繰り返し始めた。

「――――ッ‼」

喉を焼かれたのか、声にならない声を上げながらライラナが爆発の渦の中に呑《の》み込まれていく。爆風が吹き荒れ、炎の光が闇を照らす。

蝶に触れた魔物も突然発火したように燃えて、一体、また一体と次々倒れていく。

炎に照らされたユフィは無感動にその光景を見つめている。その表情にゾッとしてしまうような美しさを感じてしまう。

誰もが息を呑むような恐ろしい魔法を放ったからだろう。味方でさえも畏怖を覚えたように息を殺している。

「内と外からも灼き滅ぼす魔法です。これなら幾らヴァンパイアと言えども――」

「――と、思ったかしら？」

炎が、急に掻《か》き消えてしまった。

世界は再び月明かりに照らされた夜に戻ってしまう。炎が燃え盛っていた中心に立っていたライラナは傷一つ残らない姿で佇《たたず》んでいた。

「……そんな、馬鹿な」

ユフィが信じられない、というように呟きを零した。

それは私も同じ気持ちだった。ユフィの全力である凶悪な魔法を受けても尚《なお》、再生することが可能だとは思えなかったからだ。

けれど、ライラナはこうして健在だ。さっきまで炎に包まれていたとは到底思えない姿に目を疑いたくなる。

「並の同胞であればこの魔法で決着がついていたわ。流石《さすが》は精霊契約者、古《いにしえ》の魔法は末恐ろしく、そして美しきもの。我らが祖が越えたいと願うのも当然ね」

「一体どうやって防いだのですか……あれは内部からも灼き尽くす魔法なのに……！」

「ええ、流石だわ！　とても良《い》い手ね！　相手が私でなければ貴方《あなた》の勝ちだったでしょう！　でも、私は精霊契約者にだけは負けることは出来ないのよ！」

「……やはり貴方の存在は容認出来ません、ここで確実に滅ぼします！」

ユフィがそう叫ぶと、再び精霊の女騎士が出現する。その炎の勢いは先程よりも増しているようにさえ思える。

ユフィが号令を下すようにアルカンシェルを振ると、ライラナへと真《ま》っ直《す》ぐに飛翔《ひしょう》した。それに対してライラナは焦《あせ》った様子もなく、無造作に手を掲げる。

次の瞬間、ライラナの手からまるで芽が伸びるように蛇の頭が生えてきた。

蛇は大きく口を開き、喰《く》らい付きながら精霊の女騎士に絡《から》みついていく。

「捕まった……⁉　それなら――！」

「――何をしようとしているのかは、もうお見通し。その手はもう使わせない」

ニィッ、とライラナが邪悪に微笑《ほほえ》んだ。すると精霊の女騎士が仰《の》け反るように震える。

そして、その身体が崩壊を始めた。

「……え？」

あまりにも信じられないような光景だった。ユフィは私よりも大きく衝撃を受けたような表情で立ち竦《すく》んでしまっている。

崩壊した精霊は蛇に喰われるように身体を小さくしていき、最後には消えてしまった。

精霊が完全に消えると、ライラナが満足そうに息を吐き出した。

「……ふふっ、凄《すご》い魔法だね。流石に呑み込むのは私でも一苦労だわ！」

「呑み込んだ……⁉　まさか、魔法から魔力を直接吸い取ったのですか……⁉」

「――正解♪」

ライラナは上機嫌に笑っている。

魔法から直接魔力を奪い去るだなんて、そんな芸当が出来るとしたら、それは魔法使いにとっての天敵だ……！

「私たち、ヴァンパイアはパレッティア王国の魔法使いに、そして精霊契約者には負けられないの。この領域に達したのは私だけだけどね？」

だからライラナがヴァンパイアの長《おさ》なのか。これだけ圧倒的な実力を持っていて、魔法使いの〝天敵〟となり得る存在だからこそ……！

この光景に衝撃を受けているのはユフィだけじゃない。他の皆《みんな》も信じられないだろう。自分たちの最大の武器であった筈《はず》の魔法が、こんなにもあっさりと崩されてしまったのだから。

「――さぁ、遊びの時間はお終《しま》いにして。皆、喰《た》べてしまいましょうか？」

ライラナが手を翳《かざ》すと、魔法を呑み込んだ蛇が私たちに向かって伸びてきた。

ユフィは衝撃が抜け切れていないのか、回避が遅れている。私はユフィの前に立って、迫ってきた蛇を全て斬り落とした。

「ユフィ、しっかりして！」

「ユフィリア、お前はライラナではなく、周囲の魔物の相手に集中しろ！　全員、魔法は牽制に留《とど》めろ！　可能な限り武器で戦うんだ！　俺とアクリルが前に出る！」

「アニス……アルガルド……！　す、すいません……！」

後方からアルくんの指示が飛び、アルくんとアクリルちゃんが並びながら前に出た。

二人の槍《やり》がライラナの放った魔物を突き刺し、地に転がしていく。

「姉上、貴方はライラナを頼む！　今、ここでアレの相手を出来るのは限られる！」

「言われずとも！」

「ふふ！　貴方が来てくれるのね、アニス！　さぁ、一緒に踊りましょう！」

ここからライラナとの戦いは、もう泥沼としか言えなかった。

何度殺しても蘇《よみがえ》ってくる魔物の群れ。数を減らしてもライラナがすぐさま数を増やす。ならばとライラナを抑えようとしても止められない。だんだん時間が経《た》つにつれて追い込まれていく。

「まだ諦めないの？」

哀れむようにライラナが問いかけてくる。問いを無視してライラナの腕を斬り飛ばす。宙を舞った腕はまた新しい魔物となる。

「どうして諦めないの？」

今度はライラナを正面から突き刺す。そのまま腹を抉《えぐ》るように振り抜くも、それすらもあっさりと再生されてしまう。

「ねぇ、どうして？」

戦況は膠着《こうちゃく》したまま、けれど確実に私たちの不利へと傾いている。皆の顔に濃い疲労の色が浮かび始めた。

「お互いを護《まも》りながら戦って被害を減らせ！　疲労した者は一度下がれ！　戦線は俺たちが維持する！　アクリル！」

「わかってる！」

「ナヴル、ガーク！　ユフィリアの魔法を途切れさせるな！」

「了解！」

「ユフィリア様には近づけさせねぇぞ！　オラァッ！」

「ユフィリア様！　私に合わせてください！」

「助かります、レイニ……！」

アルくんとアクリルちゃんと連携しながら魔物を刺し貫いていく。

それでも抜けてくる魔物はユフィたちの魔法で足止めされて、ガッくんとナヴルくんがトドメを刺す。それでも魔物の数は減らない。

「いい加減に諦めなよぉ！」

抱きつこうとするように迫ってくるライラナを全力で蹴り飛ばす。

彼女が飛ばされた先には魔物の死骸が無数に転がっていた。死骸の上を滑り、ライラナは血塗《ちまみ》れになりながらもゆっくりと起き上がる。

「どうしてそこまで諦めが悪いの？」

「諦めたらそこで終わりだからでしょうが！」

「終わりなんてこないわ。私が貴方たちを永遠にしてあげるの！」

「望んでもいないものを押し付けるなッ！」

ライラナを袈裟《けさ》斬りに斬り裂くも、分厚い肉に阻《はば》まれて両断にまでは至らない。

その傷が巻き戻しをかけるように再生していく。もう何度見たかわからない光景に眉を寄せてしまう。

「――飽きたわ」

ふと、ぽつりとライラナが表情を消して呟いた。

「もう頑張っても結果は変わらないでしょう？　これ以上は時間の無駄だわ。だから終わりにしましょうか？」

ライラナが両手を広げると、辺りに転がっていた魔物の死骸が独りでに動き出した。

頭を潰された死骸すらもライラナへと集まっていき、ライラナと一つになっていく。あまりの悍《おぞ》ましさに目眩《めまい》がしそうになる。

肉が潰される音がする。

肉が千切れる音がする。

肉が混ぜられる音がする。

骨が砕け、折れ、繋《つな》がり、また砕ける音が早送りで繰り返される。

いつの間にか散っていた魔物の死骸全てがライラナに〝喰われていた〟。

ライラナが周囲に魔物をばらまいたのとはまったく逆の現象。魔物の死骸を取り込んで、自分という存在を圧縮しているかのようだ。

「くたばれッ！」

「この、バケモノがッ！」

アルくんとアクリルちゃんがライラナに斬りかかるも、その攻撃ではライラナを傷つけることが出来ていなかった。

ゆらりとライラナの身体《からだ》が揺れた次の瞬間、アルくんとアクリルちゃんが勢い良く吹き飛ばされた。

「ぐッ⁉」

「きゃぁッ⁉」

「アルくん！　アクリルちゃん！」

二人が地面に叩《たた》き付けられた頃にはライラナの姿がそこから消えていた。

「なっ、速ぇ……!?」

「ガッくん！」

「くそ、ガークッ！　ぐぁッ!?」

次に狙われたのはガッくんだった。咄嗟《とっさ》に剣を盾にしたけれど、真横に現れたライラナに吹き飛ばされてしまった。

吹き飛ばされたガッくんは近くにいたナヴルくんを巻き込んで転がっていく。

「絶望を教えてあげるわ。確実に一つ一つ、丁寧にここにいる人たちを殺していけば貴方もわかってくれるでしょう？　失われる痛みも、失われない永遠の素晴らしさも！」

「止《や》めろぉッ！」

怒りで視界が真っ赤になり、激情に任せてセレスティアルでライラナに斬りかかる。

ライラナが片手を翳して、セレスティアルの刃を摑《つか》む。指が折り曲がり、腕が押し負けたように曲がる。それでもセレスティアルの刃をライラナは離さない。

「――アニスが一番大事にしているのは、あの子だね？」

ぞく、と。悪寒《おかん》が背筋を駆け巡った。ライラナは私を見ていなかった。ライラナの視線の先にいるのは――ユフィだ。

ライラナが空いた片手を翳す。その手から蛇が生まれ、ユフィへと向かっていく。

「ユフィリア様、避けてください！」

「レイニ！」

レイニがマナ・ブレイドを抜いて蛇の動きを止めようと突き刺そうとする。

しかし、その蛇は身体を捩《よじ》るようにして回避して、鞭《むち》のようにしならせた身体でレイニを弾《はじ》き飛ばしてしまった。

レイニを受け止めるためにユフィが先回りするも、そこに蛇が大きな口を開いて二人へと襲いかかる。

「アァァァァア――――ッ‼」

その光景に私は腹の底から叫んだ。

ライラナに押さえ込まれていたセレスティアルの魔力刃《まりょくじん》に魔力をありったけ込めて、至近距離で炸裂《さくれつ》させた。

炸裂した衝撃で私も吹っ飛ぶけれどユフィを狙っていた蛇の頭は根本から千切れて地に落ちた。

私は衝撃で後ろへと吹き飛び、反動で意識が一瞬明滅していた。上下左右の感覚がわからない。自分が地面に立っているのか、まだ空中に浮いてるのかも。

正常に戻りかけた視界が最初に認識したのは——両腕が吹き飛びながらも、私に向けて笑みを浮かべているライラナ。

恍惚《こうこつ》とした笑みを浮かべたライラナが大きく口を開く。その光景がスローモーションのように見えた。

「——守りたい者があるから、人は強くなれる。でも、守ろうとするからこそ自分を守れなくなる。それはとっても苦しいこと。だから貴方《あなた》にも永遠をあげる！　何も失われることのない永遠を！」

——肉を突き破るような痛みと共に、私の首筋にライラナの牙が突き立てられた。

意識が飛んでしまいそうな激痛が走った。まるで灼熱《しゃくねつ》を直接流し込まれたような苦痛が私に悲鳴を上げさせた。

「あ、ぁ、ぁぁあああぁぁあああああっ⁉」

我武者羅にライラナの頭を掴んで無理矢理引き剝がそうとする。けれど首筋に喰《く》らい付いたライラナは離れない。

意識が痛みで朦朧《もうろう》として、力が入らなくなっていく。流れ込んできた灼熱が身体の中をぐちゃぐちゃにしていくかのようだ。

「——アニスッ‼」

そこに悲痛な声で叫びながらユフィが飛び込んできた。

アルカンシェルの刃をライラナの首に突き立てるようにして割り込み、ライラナの力が緩んだ隙に牙を引き剝がす。

そのままライラナの腹を強く蹴り飛ばして私から遠ざけた。力が抜けて膝からくずおれる。咄嗟にユフィが私を抱き支えて、必死な形相で私を呼ぶ。

「アニス⁉ しっかりしてください！」

「……ユ、フィ……」

「アニス……？ なんで……？ なんで目が赤く滲《にじ》んで……まさか、そんな……⁉ ダメです、アニス！ 意識をしっかり保って！」

目……？ ユフィ……何、言ってるんだろ……。

もう意識が保てそうにない。起きてなきゃいけないのに、酷《ひど》く頭が重たい。

「――これで、貴方も私のことをよく理解してくれるよね？ アニス」

誰かの声が聞こえる。それが誰の声なのか、もうわからないまま。私の意識はそのまま闇へと落ちていった。

8章　しあわせなおうじょさま

　──長い夢を、見ていたような気がする。

　目を開けば、ベッドの天蓋が見えた。私はいつの間に寝たんだろうか。寝る前の記憶もはっきりしない。そのままぼんやりしていると扉をノックする音が聞こえてきた。

「おはようございます、王姉殿下。朝でございますよ」

　覚えがない誰かの声だ。返事をすると中に入ってきたのはメイド。彼女は私の顔を見ると笑みを浮かべた。

「今日も良い天気ですよ、王姉殿下！」

「う、うん……おはよう……あの、ここは……？」

「？　どうされたんですか、王姉殿下。ここは王城のお部屋ですよ？」

「王城の……？　私の部屋は離宮に……」

「まぁ！　あちらは仮眠のための部屋なのですから、ちゃんと王城にお戻りになって頂きませんと、シルフィーヌ王太后がお叱りになられますよ？」

クスクスと笑いながらメイドは私を起こして、身支度を調えてくれる。

その間、私は考え込んでしまう。ここが王城？　いや、確かに王城に私の部屋は残っている筈《はず》だけど、もう使われていない筈。

それに離宮を仮眠のために使っている？　私は離宮で生活をしていた筈なのに。考えても答えは出ない。もう一度メイドに聞いてみようかと思ったけれど……不意に思った。

（……あれ？　そもそも……私は〝何に違和感を覚えてるんだろう？〟）

私は、王女だし。王城に部屋があっても当然のことじゃないか。

長い夢を見ていたせいで現実があやふやになったままなんだろうか。

考え事をしていたせいか、いつの間にか気付けば食堂へと来ていた。中には朝食を前にして父上と母上が座っていた。

母上は私と目が合うと、席を立って私の方へと歩いてくる。思わず身構えそうになっていると、母上が私の頬に手を伸ばした。

「おはよう、ねぼすけさん？」

「え……あ、お、おはようございます……？」

「まだ寝ぼけているのかしら？　もう、しっかりしなさい」

母上の声はどこまでも優しくて、更には私の頬に軽くキスまでしてくれた。

呆《ほう》けたまま母上を見ていると、母上が不思議そうに小首を傾《かし》げている。

「お前たち、食事が冷めてしまうぞ」

「ごめんなさい、オルファンス。さぁ、朝食を頂きましょう?」

「は、はい……」

母上に促されるままに私は席について朝食を食べ始める。

食事の間はお互い無言になる。その間に父上と母上を観察するけれど、何もおかしなことはない。その筈なのに、私は意識が散漫になって食事の手が止まってしまう。

するど、私の様子に気付いたのか母上が目を細めた。

「食事が進んでいないわね。体調でも悪いのかしら?」

「えっ、あ、ち、違いますよ! や、やだなぁ!」

「……それなら良いのだけど。あまり無茶なことをしてはいけませんよ?」

「うむ。お前はこの国には欠かせない重要人物、そして私たちにとっても大事な娘なのだからな」

母上が案じるように、そして父上が穏やかに微笑を浮かべながらそう言った。

何故《なぜ》だか胸が詰まってしまった。どうしてなのかわからないまま、誤魔化すように朝食を口に運ぶ。そうして食事が終わり、食後のお茶を出されると父上が口を開いた。

「それで、計画は順調なのか？」

「計画、ですか……？」

「貴方の〝前世の記憶〟を基に魔道具を開発する計画よ？　忘れたの？」

「……………今、何て？」

「だから、貴方の持っている記憶を基に魔道具を開発する計画よ？」

「……私が、そんな計画を？」

「ええ」

平然とした様子で母上はそう言った。父上も何がおかしいのか、と言わんばかりの表情を浮かべている。

一方で私は混乱していた。前世の記憶は私にとって自分を形作る重要なもので、同時に打ち明けることの出来ない秘密だった筈だ。

何かがおかしいと思うのに、また頭がぼんやりしてきた……。

「ユフィリアたちの協力もあって、計画は順調なのでしょう？」

「しかし、それでお前が根を詰めすぎても困るからな。今日はアルガルドたちに任せると良い。ゆっくり休むのもお前の仕事だぞ？」

「……アルくんが？」

「えぇ。大丈夫よ、あの子は貴方と違ってしっかり者だもの。貴方はもうちょっと周囲に気を配ることよ」

クスクスと母上が笑う。でも、私はあやふやになりそうな感覚に溺れていた。

「……ご馳走様《ちそうさま》です。少し散歩にでも行ってきます」

「ええ、いってらっしゃい」

「気をつけてな」

父上と母上が穏やかに微笑《ほほえ》みながら私を見送ってくれる。

そうして、私は逃げるように部屋を後にした。

食堂を出て私は離宮へと向かう道を進む。すると、すれ違う人たちが私を見るなり笑みを浮かべて挨拶をしてくれる。

「おはようございます、王姉殿下」

「今日は少しお寝坊でしたか？　王姉殿下」

「あまり根を詰めることのないように、お身体《からだ》を大事にしてくださいね」

メイドも、騎士も、貴族たちでさえも。皆《みんな》、私に優しく挨拶をしてくれる。

そんな彼等《かれら》にどこか気まずい思いを抱えながら、私は早足で離宮へと向かう。外に出てからはやや駆け足で、逸《はや》る気持ちが走る速度を上げていく。

すると、離宮の中庭に見知った人たちが集まっているのが見えた。私は走るのを止めて傍《そば》まで近づいていく。

「あら、お寝坊の王姉殿下様じゃないの？」

「ティルティ……」

「姉上、もう起きていたのか。今日はまだ眠っていても良かったんだぞ？」

「アルくん……」

「怠けるのは身体に良くない。……無理をしても良くないけど」

「アクリルちゃん……」

「何よ、さっきから人の名前をぼんやりと呼んで？　まだ寝ぼけてるのかしら」

「計画のことが気になったのか？　安心しろ、どれも一朝一夕に完成するものでもないからな。気長にやっていけばいいさ。焦《あせ》ることはない」

ティルティが軽く肩を竦《すく》めて、アルくんは穏やかな表情のままそう言った。

アクリルちゃんはそっぽを向くけど、時折様子を窺《うかが》うように視線を向けてくる。

「ありがとう……それで、えっと計画についてなんだけど」

「どれのことかしら？　どっかの王姉殿下が次から次へとアイディアを出してくるから、私たちも大忙しなんですけど？　自動車に飛行機、それから通信機だったかしら？」

「まったく、次から次へとアイディアが出てくるものだ。それだけ姉上の記憶にある前世というのは文明が進んでいた世界なのだろうな……」

「……私、皆に前世のことを話したことあったっけ？」

「ん？　今更何を言っているのよ？」

「あぁ、ずっと前からだろう？」

「……お前、疲れてるのか？」

三人が私の体調を案じるように覗《のぞ》き込んでくる。

そんな三人を前にして、私は少し息を吸い込んでから表情を取り繕った。

「そうだね、ちょっと……疲れが出たみたい」

「しっかりしなさいよ、貴方《あなた》がいないと総崩れになるんだから」

「あぁ、身体は大事にしてくれ」

「……なんか美味《おい》しいものでも狩ってこようか？」

「大丈夫だよ。それで、その、ユフィはどこにいるのかな？」

「ユフィリアか？　王城の執務室にいるんじゃないか？」

「そっか、わかった。ありがとう。ちょっとそっちに顔出してくるよ」

「そうか。誰かのために頑張るのも良いが、自分も労《いたわ》ってくれよ」

「うん、それじゃあね……」

私はそう言って三人に別れを告げて、また王城へと戻る。

三人から見えなくなったところで、私は誰もいないことを確認してから近くの壁に寄りかかってしまった。

（……なんで？　どうして、こんなにもおかしいんだろう？）

思考がぐるぐるする。あり得ないことが起きているのに、あり得ないと思う程に意識がぼんやりしていきそうになる。

私に前世の記憶があることをアルくんたちが知っていた。でも、そんな筈はない。

だって、私に前世の記憶があることを話したのはたった一人だけの筈なのに。

気持ち悪さと焦燥感に襲われながら私は走る。王城を全力で駆け抜けていても誰も私に怒らない。

「王姉殿下、転ばないようにお気をつけくださいね」

「ユフィリア女王陛下のところに向かわれるのですか？」

「女王陛下は執務室におられますよ」

そんな声をかけられながら、私は王城の執務室へと辿《たど》り着く。

息を整えてから扉をノックすると、中から入室を許す声が聞こえてくる。

中に入ると、ユフィ、レイニ、イリアが資料を片手に話し合っているところだった。

「あぁ、起きたんですね。体調は大丈夫ですか？」

「あまり無理はなさらないようにしてください。まぁ、言って休む方ならこちらも苦労はしてませんが」

「今日は急ぎの仕事もないのでゆっくりしていても良かったのに。どうかしましたか？」

三人が私の顔を見るなり、穏やかに微笑みながら私にそう言った。

優しげな声も、穏やかな微笑も、何もかも私の知る彼女たちだ。

「えっと、その、聞きたいことがあって……」

「聞きたいことですか？」

「私って……いつ、前世の記憶を打ち明けようと思ったんだっけ？」

問いかけてから思わず口を押さえる。もっと別の言い方があった筈なのに、思考が纏《まと》まらないせいで直接的な問いかけになってしまった。

けれど、私の予想に反して三人の反応はとてもあっさりしたものだった。

「いつって……」

「そんなの……ねぇ？」

「はい」

「『──最初からじゃないですか』」

……あぁ、目の前が歪《ゆが》んでしまいそうだ。

ユフィも、レイニも、イリアも、それがごく当たり前のように言い切った。

私に前世の記憶があることを最初から知っていた、と。そんなの有り得る筈《はず》がない。

有り得る筈がないんだ。なのに、さっきから、どうして……。

「……大丈夫ですか？　顔色が悪くなっているように見えますが」

「ううん、なんでもないよ……」

「本当にですか？　最近、仕事で根を詰めすぎていたのではないかと心配していたんですが……大丈夫なんですよね？」

イリアとレイニが心配するように私の顔を覗き込みながら聞いてくる。

それに私は愛想笑《あいそわら》いで誤魔化そうとする。今は、何と答えて良いのかわからないから。

「気分が優れないようでしたら、気晴らしをしてきても良いんですよ？」

「気晴らし……？」

何のことかわからない、と首を傾げていると、ユフィが当然のように言った。

「ええ、ほら――〝魔法〟の練習とか？」

……今の言葉は、本当にユフィが私に向けて言った言葉なの？

「私が、魔法を……？」

「ええ。だって貴方はこの国一番の――〝魔法使い〟じゃないですか」

ふと、目眩《めまい》を起こしたように視界が回りそうになる。けれど、倒れることも出来ない。

私は顔を押さえる。その瞬間にハッとしてしまった。汗が噴き出て、喉が渇きを訴える。そういえば、さっきから、私は、ずっと……。

「どうしたんですか？　やはり、どこか体調でも悪いのでは――」

「――ごめん」

ユフィが私に手を伸ばしてくる。いつものように優しく頬に触れる手付きだ。

でも、私はその手を拒絶した。そっと手を下ろさせて、後ろへと一歩、二歩と下がる。

後ろへと下がった私を三人が見つめている。私を、私を、私を――。

「ごめん、私――」

それ以上の言葉が思い付かなくて、私はそのまま踵《きびす》を返して執務室を飛び出した。

ただ遠くへ、ここじゃない場所に行かなければならない気がした。我武者羅に走って、その度に皆が笑顔で声をかけてくる。

「廊下で走ると危ないですよ」

「お急ぎなのかしら？　頑張ってくださいね、でも無理をしてはいけませんよ」

「はっはっはっ、王姉殿下は相変わらずお転婆でいらっしゃいますなぁ！」

走って、すり抜けて、遠ざかっていく。

そして、私は誰もいない中庭に出てきた。息を整えてから私は、自分の手を見る。

私は、魔法が使える？　どうやって？　魔法は、どう使えばいい？

知らない筈だ。出来ない筈だ。なのに、それなのに、どうして？


「──〝ライト〟……」


私の手には、光が浮かんでいた。

紛れもない〝魔法〟の光が、私の手に灯《とも》っていた。

「──嘘《うそ》だ」

私は魔法が使えない筈だ。なのに、使えているだなんておかしい。

じゃあ、なんで？　何も信じられないまま、壁に手をついてしまう。

ふと、そこにあった窓ガラスを見て私は息を呑《の》んでしまった。

──私は、〝私の顔〟を認識することが出来なかったからだ。

髪形も、髪の色も、瞳の色も。何もかもがぼやけてしまっている。

私は、自分が誰なのか、わからなくなっている。

そうだ。だから誰も──私の名前を呼んでいないんだ。

決定的な違和感に私は膝をつく。吐き気が込み上げてくるけれど、何も吐き出すことが出来なかった。これは何？　まるで悪い夢を見ているかのようだ。

「──そこの貴方、落とし物だよ」

ふと、後ろから声をかけられた。弾《はじ》かれたように振り返ると、そこには少女がいた。

白金色の髪に薄緑色の瞳。育ちの良いお嬢様みたいな格好をしている少女は薄ら笑いを浮かべて私を見ている。

……知っているようで、知らない誰か。頭の奥が疼《うず》くように痛んで、視界が揺れた。

このまま倒れてしまいそうだけど、頭の奥で意識を失うなと何かが警告している。

「……受け取らないの？」

「……え？」

「だから、落とし物だよ」

落とし物。私が、落とし物？　一体、何を落としたというんだろう。心当たりがない。

そもそも、心当たりを想像することも出来ない。私は、今、自分が何なのかさえわからなくなっているというのに。

少女はただ、私を見つめている。その目は細められていて、なんだか品定めされているような、見通されているような錯覚を覚えてしまう。

「……貴方は、誰？」

思わず、そんな問いが零《こぼ》れた。

すると少女は薄笑いを更に深めて、不敵に笑ってみせた。

「——アニスフィア」

――少女は、そう名乗った。

その名前を聞いた瞬間、私の中で何かが軋《きし》んだ。

触れてはいけない。でも、触れなきゃいけない。

思い出してはダメ。でも、思い出さないとダメ。

矛盾する感情が身体《からだ》を引き裂いてしまいそうだった。

痛みに目を逸《そ》らして、いっそ忘れてしまえば良い。

気が付かなければ良かった。だから、だから、目を閉ざして忘れてしまえばいい――。

「――うるさい……！」

頭の中を掻《か》き混ぜようとする声を全力で拒絶する。

いつの間にか、目の前にいた筈の彼女は姿を消してしまっていた。

追いかけなければ。早くあの少女を見つけなければいけない。それは、まるで警鐘だ。

湧き上がった衝動のままに私は駆け出す。

「王姉殿下、危ないですよ」

「王姉殿下、どこへ行かれるのですか？」

「王姉殿下、そんなに急ぐ必要はないのですよ？」

すれ違う人たちが私の足を止めようとする。善意で、優しさで、私を心配して。

その声を私は振り切る。だって、誰も私の名前を呼んではくれないんだ。

どうして？　だって私は〝　　〟なのに！

「どこかで見ているんでしょ！」

あの少女は、まだどこかで私を見ている。そんな気がするんだ。

どれだけ駆け巡っても景色が変わらなくなってきた。知っている筈の光景なのに、こんな場所を私は知らない。

矛盾を一つ、また一つと見つける度に頭痛は酷《ひど》くなっていく。脳に直接杭《くい》でも打ち付けられてるんじゃないかと思う程の痛みが走る。

これ以上は進めない。これ以上はどこにも行けない。身体がそう訴えていても私は彼女の姿を捜す。

ふと、私は空を睨《にら》んだ。空だけは世界が歪もうと変わらないことに気付いた。

それなら目指すべきは上だ。直感に従って、私は空に最も近い場所を目指して走った。

すると、今度は次々と親しい人たちが姿を見せた。皆《みんな》、私に優しい声をかけて引き留めようとする。

「またお前は何かしでかそうというのか？　程々にしておいてくれよ」

――父上。

「貴方《あなた》はまた廊下を走って。王族としての振る舞いには気をつけないと！」

――母上。

「姉上？　まだ休んでろと言っただろう？　いいから部屋に戻れ」

――アルくん。

「何やってるのよ、馬鹿なの？　ほら、一緒に部屋に戻ってあげるから」

――ティルティ。

「そんなに急がなくてもいいんですよ。それより相談に乗って欲しいことが……」

「王姉殿下！　城下町で美味《おい》しいおやつを買ったんです、一緒に食べましょうよ！」

「これは騎士たちにも好まれているお菓子です。お茶もすぐに用意させますよ？」

「ん、これおいしいよ？　少し分けてあげるから、こっちに来なよ」

――ハルフィス、ガッくん、ナヴルくん、アクリルちゃん。

「どこへ行かれるのですか？　お部屋に戻ってください」

「そっちには行っちゃダメですよ、ほら」

――イリア、レイニ。

次々にかけられる優しい声を振り切る度に心が痛む。

本当は悲しみに歪む顔を見たくはない。きっと、悪いのは私だ。

さっきから、心がじくじくと痛む。まるで血を流し続けているかのようだ。

これは罪悪感だ。この罪悪感が私に進めと訴えている。止まるなというように。

そうして階段を勢い良く駆け上がろうとした、正にその瞬間だった。

誰かが私の手を摑《つか》んで、それ以上進ませまいというように強く引き留める。


「――行かないで、ください」

「――ユフィ」


私の手を摑んだのは、ユフィだった。

摑んだ私の手を強く握り締める。その手から伝わってくる温《ぬく》もりはどこまでも優しい。

行かないで、とユフィは涙を流している。まるで私に縋《すが》っているようだ。

あぁ、どうしてだろう。こんなにも苦しい思いをして、私はどこに行きたいの？

本当にここまでして、この先へと進まなければいけなかったの？

「もう、いいじゃないですか。貴方が誰であってもいいじゃないですか。ここなら全てが受け入れられるんですよ」

ユフィの私の手を摑む力が強くなった。

それで、全てを理解してしまった。私はユフィの手に自分の手を添えて微笑《ほほえ》む。

「うん、そうかもしれないね。――だから、行くんだ」

私は――摑まれていた手を払って〝ユフィ〟の顔をした誰かを振り切った。

あぁ、怒りでどうにかなってしまいそうだ。悲しみで心が張り裂けそうで、煮えたぎるような憎悪《ぞうお》が私の足を強く前へと進ませる。

先程まで感じていた恐怖は涙と一緒に捨てていく。

皆の言葉は、ずっと〝私〟が誰かに言って欲しい言葉だった。

辛《つら》くて、悲しくて、苦しくて、そうして全てを捨てて逃げたいと思ったことがあった。

でも、そんなの許される訳がない。

私は多くの選択をしてきた。その中で取り返しのつかない失敗だってしてきた。

でも、その失敗をなかったことには出来ない。それは自分が選択したことで起きたことだから。その全てを自分で抱えていかなきゃいけないんだ。

選択を間違えても、回り道をしても、それでも自分で選んできたからこそ、摑み取ったものがある。

その歩みがどれだけ無様だと笑われても、それでも誇れるものがこの胸にある。
こんな私を、許してくれた人がいた。
こんな私を、認めてくれた人がいた。
こんな私を、褒めてくれた人がいた。
だから行かなければならない。息が苦しくなる程、終わりが見えない階段を上る。
永遠とも思える時間、その果てに光が差し込んだ。
目の前に広がったのは──空だ。
空だけはいつも変わりはしなかった。様々な顔を見せても、必ずそこにあるもの。
そうだ。この空を見上げた時から、私は始まっていたんだ。

「──私の、名前を、返せぇぇぇぇッ！」

空に向かって叫べば届くと、何故《なぜ》か確信があった。
名前。そう、誰も呼ばない私の名前。
この世界に違和感を覚えた、大きな理由。
私が前世の記憶なんてそう簡単に話す訳がないんだ。だって私は──。

「──私の名前は、アニスフィア・ウィン・パレッティアッ‼」


王族らしからぬキテレツ王女。

魔法の使えない異端児にして、異界の景色を垣間見《かいまみ》た転生者。

勝手に思い込んで、多くのものを裏切って、たくさんの人を傷つけてしまった。

それでも、大事な人たちが笑ってくれる明日がこの手の中にある。

だから、こんな都合のいいばかりの世界で眠っている訳にはいかないんだ。


「──その名を貴方が名乗るの？　貴方が偽者《にせもの》だったとしても？」


いつの間にか、そこに〝私〟が立っていた。

彼女は私を批難するような冷ややかな目で見据えている。

「ずっと苦しかった。甘えることなど許されない。それは、貴方の罪の意識から生まれた思いでしょう？」

〝私〟は、私の心の内を言葉にするかのように語る。

「もしも、何も思い出せずにいたのなら。貴方は普通の王女様になりたかったんだものね？　誰からも愛されるお姫様になりたかった。誰も苦しめずに生きていたかった」

〝私〟は大きく溜息《ためいき》を吐《つ》いてから言葉を続けた。

「認められないなら、許されないならそれで良かった。でも求められてしまった。求められてしまったなら、許しを得ないと。許されるために誰かを救わないと、救った気にならないと息が出来ないんだもの。……そうでしょう？　そんな生き方は辛くないの？」

〝私〟の言葉を、私は否定出来ない。

それは紛れもなく私の本心だったから。私が私であるために背負った罪だ。

この罪悪感を、私はずっと抱えていくだろう。

だから許しが欲しかったの。ここで生きていていいという理由を。

許されなければいけないと、今でも思ってしまう。

この罪悪感は、ずっとこのまま消すことは出来ないんだろう。

「――それでも今日まで生きてきた。私だったから得られた多くの宝物が出来たんだ」

私が私になったあの日から、空を見て、前世の光景の断片に触れて、魔法に憧れた。

魔法があればかつての憧れに手が届くかもしれない。そんな夢に、私はどうしようもなく魅せられた。

自分で選んで、歩いてきた道。その道中で多くの素晴らしいものを手にしてきた。

私を愛してくれて、私も愛したいと思える人たちと出会えたんだ。

「私は私だ！　今までしてきた選択は、全部私のものだ！　だから私が誰でもいいなんて許しなんか要らないッ！　私は偽者なんかじゃない！　そう言えるだけのものを私は手に入れたからッ！」

叫んだ瞬間、景色が変わった。そこは、どこを見渡しても空が広がる世界。

私が始まった光景。私が手を伸ばし続けた道標《みちしるべ》。私が辿《たど》り着きたかった理想の場所。

私の目の前には〝私〟が立っていた。でも、その姿は突然吹き荒れた嵐に目を閉ざして見失ってしまう。

風が収まって目を開くと、私の頭上を覆うような影が出来ていた。

見上げれば、そこには大きな巨軀《きょく》があった。一度見たら忘れることの出来ない程の衝撃を受けた姿。

美しい、と。初めて見た時の感動は今でも鮮明に思い出すことが出来る。

「ドラゴン……!?」

『――許しは要らない。そう宣《のたま》ったか、稀人《まれびと》よ。ならば、お前の弱さもまた許されんな』

ドラゴンが手を振り上げた。私は咄嗟《とっさ》にその場から離れようとするけれど、それよりも早くドラゴンの手が私を捕まえて地面に押し付けた。

地面に押し付けられて息が苦しくなってしまう。ドラゴンが少し力を入れるだけで押し潰されてしまいそうだ。

「あ、ぁぁあっ！　ぐぁ、ぁぁあ……！」

『弱い、弱いなぁ。一つ、一つ、お前の持つものを剝がせばこんなにも弱いのだ。弱ければ何も守れない。守れなければ失っていく。ただ失っていくだけのお前に残されるものがあるのか？　だから無様に何も出来ず、夢に溺れることしか出来ないのだ』

「私、は……！　こんな都合の良《い》い……夢なんかに溺れない……！」

『無駄よ。どれだけ藻掻《もが》こうと、どこにも辿り着けぬお前に何が出来るというのだ？』

どこにも行けない。それはその通りだ。

こうしてドラゴンに押さえ付けられて、何かを変える力もなくて、こんな夢のような世界から抜け出すことも叶《かな》わない。

こうしている間にも皆《みんな》はライラナと戦っている筈《はず》なのに。魔法使いにとってライラナは天敵だ。このままここにいる訳にはいかない、そう思うのに……！

「この……ッ、あぁぁぁあああッ！」

『無駄だ……今のお前に我の力はないのだからな』

ドラゴンに押さえ付けられた身体《からだ》はビクともしない。身体強化を使おうとしても刻印紋が反応しない。目の前にドラゴンがいるとするなら、それも仕方ないのかもしれない。

結局、私の力は借り物にしか過ぎない。それでも、ここで抗《あらが》うことを止めたら全部なくなってしまいそうな気がする。だから諦められない……！

『諦めてしまえば、楽になれるぞ？』

「い、や、だ……！」

『何故？』

「最後の最後まで、自分が選んできたことを貫くためだ！」

『その選択が心から望んだ選択ばかりだったか？　こんな世界に厭気《いやけ》は差さないのか？』

「だとしても、それでもと私は言い続ける！」

『この世界では、全てお前の思い通りになるとしても？』

「――私しかいない世界に、一体どんな価値がある！」

ここは都合の良い、私が傷つかないための世界だ。ここなら何だって叶うだろう。私が願ったことなら。

でも、それは結局一人だ。ここには私の他に誰もいない。ここで出会う人たちは記憶の中にしかいない人で、本人ではないんだ。

だから、この全てが都合良くなる夢の中で苦しまずに生きられたとしても、そこに私が望んだ人たちはいない。

脳裏にたくさんの人が浮かんでいく。最後に浮かんだのは、誰よりも愛《いと》おしそうに私の名前を呼んでくれるユフィの姿だ。

『──アニス』

誰よりも私の願いを信じて、私のために人であることを捨ててくれた子。

私が打ち明けた秘密を唯一知る人で、誰よりも心から傍《そば》にいたいと願う人。

私が諦めてしまったらユフィはどうなる？　私のためにと生きてくれたあの子から私を奪うだなんて、そんなの許されない！

「──一人じゃないから！　だから苦しくても、最後まで生きたいって思うんだッ‼」

どんなに無様でもいい。石に齧《かじ》り付いてでも、泥まみれになっても構わない。

この思いだけは、全て消えてなくなる時まで貫き通すと覚悟を決めているから！


『――アニス！　アニス、しっかりしてください！』


――声が、遠くから聞こえた。

誰かが泣きながら、必死に訴える声だ。

脳裏に浮かぶのは、ここじゃないどこかの光景。

『アニス！　アニス、お願いですから！　レイニ！　レイニ、来てください！』

『ユフィリア様、落ち着いてください！』

泣きじゃくりながら必死に揺さぶってくるユフィの姿が見えた。

険しい表情を浮かべたレイニが駆けつけてきて、ユフィの肩に手を添えている。

『あははははッ！　あはははははッ！　これでアニスはもう私のもの！　もう手遅れ！

全部私の思い描くままッ！』

『このバケモノがァッ！　よくもアニス様にやってくれたなァ――ッ‼』

『怯《ひる》むなッ！　これ以上、アニスフィア王姉殿下に近づけさせては騎士の名折れだッ‼』

ライラナの笑い声が聞こえてくる。彼女は両手を広げて全身で喜びを露《あら》わにしていた。

そんな彼女に真っ先に突っ込んだのはガッくんとナヴルくんだ。

ガッくんは剣に炎を纏《まと》わせてライラナの腕を斬り落とした。その剣閃《けんせん》の鋭さは今までのガッくんでは考えられない程の鋭さだった。

鬱陶しそうにライラナがガッくんを弾《はじ》き飛ばそうとするも、ガッくんは最小限の回避で懐《ふところ》へと入り込み、そのまま強烈な頭突きを叩《たた》き込む。

ガッくんが作った隙を縫うようにナヴルくんが接近し、風の魔法を至近距離で叩き込んでライラナを吹き飛ばす。

舌打ちを一つ零《こぼ》してライラナは魔物を生み出していく。魔物の群れが二人を呑《の》み込もうとした時、動きを止めていた騎士や冒険者たちが雄叫《おたけ》びを上げてぶつかり合った。

そこに恐怖の色はなく、皆が魔物へと果敢に立ち向かっていく。

『お前ェ――ッ‼』

再び乱戦となる中でライラナに肉薄したのはアクリルちゃんだ。怒りに表情を歪《ゆが》ませながらアクリルちゃんは吼《ほ》える。

『よくもアイツを、アニスフィアをやってくれたなァッ‼』

『何故《なぜ》、貴方《あなた》がそんなにも怒るのかしら？　リカントの子には関係ないでしょう？』

『黙れ！　アニスフィアは本当に気に入らない奴《やつ》で、大嫌いだけど！　お前の方がもっと大嫌いだッ‼　人の生命を、意志を、蔑《ないがし》ろにするなァ――ッ‼』

アクリルちゃんが喰《く》らい付くようにライラナの腕を切り飛ばす。切り飛ばした腕が魔物に変じる前にガッくんが腕を焼き払い、再びライラナへと迫ろうとする。

誰もが怒りを込めて叫び、抗っている。私はただ、そんな光景を見ていることしか出来ない。

『アニス……アニス……！』

『――何を呆《ほう》けている、ユフィリアッ！』

私の手を摑《つか》んで、縋《すが》るように名前を呼び続けるユフィに怒声が叩き付けられた。

ユフィに怒声を浴びせたのはアルくんだ。苛立《いらだ》たしそうにアルくんはユフィの胸ぐらを摑み上げて自分の方へと視線を上げさせた。

『呆けている暇があるか！　お前が泣いたところで何にもなりはしない！　張り倒されないと腑抜《ふぬ》けが直らんのか！』

『……ぁ、でも、だって、アニスが……』

『でもも何もない！　いいか！　呼びかけるならもっと力強く呼びかけろ！　姉上の意志を叩き起こすんだ！　方法があるとすれば、もうこれしかない！』

……方法？　アルくんは、何を言ってるんだろう？

『レイニ！　お前は俺に魔石を抜き取られた後のことは覚えているか？』

『えっ、あ、は、はい！』

『なら、姉上にも同じことが出来ると思うか？』

『アニス様に同じことを……？　魔石を再生……あっ⁉　ま、まさか⁉』

『そのまさかだ。今、姉上はライラナのせいでヴァンパイア化が進んでいる。もう止める手段はない。このままただ待っていたとしてもヴァンパイアになってしまうだろう。食い止められるとすれば、ドラゴンの力しか望みはない！』

『……刻印紋に使った魔石の欠片《かけら》を、アニスに魔石として再生させると？』

『そうだ。ドラゴンの力を以《もっ》てしてヴァンパイアの魔石を喰らって上書きさせる』

『……そんなことが、本当に出来るんでしょうか？』

レイニが不安そうに小さく零す。ユフィも視線を落とすように俯《うつむ》く。

そんなユフィの顔を上げさせるようにアルくんは胸ぐらを掴んだまま揺らした。

『やれるのか？　ではない！　やるしかないんだ！　ユフィリア、お前は精霊契約者だろう⁉　この場にいる誰よりも魔力の純度が高い、それは魔物にとっても糧《かて》となり得る！　そのお前の魔力をありったけ姉上に注《つ》ぎ込め‼』

『でも、それは今作られてるヴァンパイアの魔石にも同じことが言えるんじゃ……！』

『だから賭けだ。賭けるしかないんだ、姉上が、ドラゴンの力がヴァンパイアよりも勝ると！　何もしないよりは良いだろう！　精霊は、魔法は人の意志の映し鏡なのだろう⁉　だから強く願うんだ、ユフィリア！』

アルくんの強い訴えにユフィの視線が上がる。呆けていた表情は不安げに歪み、そのまま私を見た。正面から見えたユフィの表情が変化していく。

『――わかりました。やってみます』

『あぁ。……ユフィリア、心の底から胸を張れ。こんな馬鹿な姉上に最後まで付き合えるのはお前ぐらいだろう。――姉上を頼む』

最後に不敵に微笑《ほほえ》んでから、意を決したアルくんが戦場へと戻っていく。

そんなアルくんの背中を見送った後、ユフィもまた意を決して表情を引き締めていた。

『レイニ、申し訳ありませんが――』

『任せてください。二人には誰も近づけさせませんから』

『……何が起きるかわかりません。もし、失敗したら私がアニスに――』

『――させません。だから傍にいます。ユフィリア様が不安にならないように』

ユフィの言葉を遮るようにレイニが強く言い切った。

ユフィはレイニの顔をジッと見た後に、少しだけ気が抜けたように微笑んだ。

『それに、もしもなんてありませんよ！　だって二人はいつだって誰かを助けてきたじゃないですか！　だから、お互いを助け合うことだって出来ますよ！』

『……それも、そうですね。本当に強くなりましたね、レイニは』

『はい。ユフィリア様を少しの間、守れるくらいには』

『……なら、私も怖《お》じ気《け》づいている場合ではありませんね』

ユフィは、ふっと頬を緩めた。そして、儚《はかな》く消えてしまいそうな笑みを浮かべた。

『私は貴方がいないとダメなんですよ。たとえ貴方に殺されてしまっても。だから戻って来てください——アニス』

ユフィの手が触れて、額が触れて、最後に唇が重なった。

そのまま息を吹き込むように、ユフィから私へ何かが注がれていく。

それはユフィの魔力だ。頭の奥から蕩《とろ》けて、そのまま痺《しび》れていきそうな程の熱いもの。

魔力が身体が満ちていくと、心臓が痛い程に跳ねた。

「あ、ぁああっ、あぁああああっ、ぐ、ぅぁ、ぁあああああああ——ッ!?」

身体の中から私を溶かしていくような甘い疼《うず》きと、同時に襲いかかってくる身体が爛《ただ》れていくような激痛。疼きと激痛が交互に繰り返される度に私の意識が削られていく。

私が消えていく。

私が溶かされていく。

私がねじ曲げられていく。

そして、死んでいっている。

痛いのは気持ちいい。苦しいのは心地好《ここちよ》い。

塗り替えられていく感覚は私に途方もない幸福を感じさせる。

そんな私の意志に反して与えられる幸福に、どうしようもない程の怒りが湧いてきた。

「勝手に……私の幸せを、決めつけるなッ！　私は……私はァッ！」

こんなのは、私が望んだ幸福じゃない。

意識そのものを破壊していくような毒に、私は唇を噛《か》み締めて抗《あらが》う。

『まだ抗うのか？　消えてしまえば楽になれるというのに？』

「当たり前よ……！　どいつもこいつも！　私の心を好き勝手に弄ぶなッ！　私の心は私だけのものだ！　誰が消えてやるもんか――ッ‼」

『――あぁ。そうだ、それで良《い》い』

ドラゴンがおかしくて堪《たま》らないというように告げた瞬間、急に苦痛が和らいだ。

今まで感じることが出来てなかった、馴染《なじ》みのある感覚が背中に戻ってくる。それどころか、その感覚は背中から全身に根を張るように広がっていく。

「……これは、まさか」

『口にせずともお前なら理解出来るだろう？　稀人《まれびと》よ。くくっ、やはり愉快な存在よ』

「……もしかして、私を助けてくれたの？」

ヴァンパイアの魔石に侵蝕《しんしょく》されていた私を、ドラゴンが助けてくれた。

そう思って問いかけたけれど、ドラゴンは馬鹿にするように笑いながら息を吐き出す。

『否《いな》。所詮、これはただの微睡《まどろ》みの夢に過ぎない。夢に真《まこと》なるものなど何一つない。あるのはただ己の我のみ』

「……そっか」

……思えば、このドラゴンだけは夢の中でも異質の存在だった。

ライラナによって見せられた、私の思い通りになる筈《はず》の世界。でも、このドラゴンだけは思い通りにはならなかった。

だったら思い浮かぶ可能性は一つだ。もしかしたら、それすらも私の望みが反映されてしまった可能性もあるけれど。その答えを教えてくれることはないのだろう。

「……でも、夢が叶《かな》ったわ。貴方ともうちょっと言葉を交わしてみたかったから」

『ふん……今更、我とそなたの間に言葉は不要だ』

「ケチだね……」

『だが、気まぐれに戯《たわむ》れてやるのも吝《やぶさ》かではなし。問うのはただ一つのみ。そなたは征《ゆ》くのだな？　この安寧なる夢を捨ててまで、ここではないどこかへ』

「うん」

『では、稀人よ。そなたは何のために征く？』

「――見たこともない〝明日〟を見るために！」

胸に火が灯《とも》ったように熱く鼓動が脈打つ。

その熱は私の全身を駆け巡り、力を巡らせていくかのようだ。

『――ならば征くが良い、稀人よ。我をも喰らったその先の未来を見せてみろ！』

ドラゴンの言葉を最後に意識が遠くなっていく。あぁ、夢から覚めるのだ。

＊　＊　＊

──意識が鼓動の音と一緒に戻ってくる。

心臓から身体《からだ》に巡る血液が、私という存在を確かにしてくれる。

そして、私に触れてくれている温《ぬく》もりの存在に気付く。

それは触れ慣れた愛《いと》おしい人の温もり。その温もりに背を押されるように目を開いた。

祈るように目を閉じて、息を吹き込むように唇を重ねているユフィが見えた。

私がユフィの頬に手を添えると、ユフィが勢い良く唇を離して私の顔を覗《のぞ》き込んだ。

「……アニス、ですよね？」

不安げに問いかけてくるユフィに向けて、私は心からの笑みを浮かべて言った。

「──ありがとう、ユフィ。心配をかけたね。もう、大丈夫だよ」

9章　黎明《れいめい》の蒼穹《そうきゅう》に虹をかける

「アニス！　アニス……アニス……！」

「ごめんね、心配かけちゃった」

言葉にならないのか、ユフィはただ私の名前を呼びながら強く抱き締める。

本当はこのまま抱き締めてあげたいけれど、やらなきゃいけないことがある。

ユフィの背を軽く叩《たた》いて私はユフィから離れようとする。一瞬、嫌がるように力を強くしてきたユフィだったけれど、恐る恐る離してくれた。

「ありがとう、ユフィ。もう大丈夫だから」

セレスティアルを拾い上げて、私は起き上がった。胸元を一度だけ撫《な》でて、私は前へと視線を向ける。

私が戻るまで戦い続けていたのだろう。疲労困憊《ひろうこんぱい》だったり、傷だらけな皆《みんな》の姿が見えた。

そんな皆に申し訳なさを覚えつつ、私は動きを止めたままのライラナを見つめた。

「ライラナ」

「……どうして？　どうして受け入れてくれないの⁉　幸せだったでしょう？　皆、最後には受け入れてくれたのに！　なのに、どうして⁉」

信じられないというようにライラナは大きく目を見開き、頭を左右に振った。その様はまるで、信じていたものに裏切られたかのようだった。

思わず胸が引き攣《つ》ったように痛む。彼女の望む世界を知ってしまったからこそ、彼女の慟哭《どうこく》が胸に響いてしまう。

「確かに幸せな夢だったよ。ライラナが見せてくれたのは辛《つら》かった記憶から逆算して作られた〝もしもの世界〟でしょう？　都合の悪いことをなかったことにして、誰もが幸せになれる楽園のような世界」

「……そうよ、そうなのよ！　それをわかってくれるのに、どうして⁉　答えて！　貴方《あなた》はなんで私の望む世界を受け入れてくれないの⁉」

必死な形相で訴えるライラナを前にして、私は一度目を伏せた。ゆっくりと深呼吸をしてから目を開き、真っ直《ます》ぐ彼女を見つめる。

「ライラナの見せてくれた夢を受け入れれば、一切の苦しみがない世界に行けると思う。だからこそ、なんだ。貴方の見せる世界にはそれしかないんだ」

「……何を言っているの？」

「貴方の作ろうとしている世界には未来がない。それが貴方の世界を否定する理由だよ」

「あるわ！　私の世界を受け入れてくれれば、ずっと幸せに生きられる未来が貴方たちには与えられるの！　誰もが願うことでしょう⁉　ずっと幸せに生きたいでしょう⁉」

「でも、貴方は幸せのために傷つく可能性すらも奪ってしまう。だから都合の良い未来しか残らない。それじゃあ生きる実感が失われてしまう。ただ生きているだけじゃ人は人でいられない」

「わざわざ苦しみたいと言うの？　傷つく可能性を残してまで？　そんな可能性を残してまで私の世界を否定したいの⁉　わからない、わからないわ‼」

「私は安寧だけしかない世界では生きていけないから」

「苦しみがないと生きていけない？　そんな世界に本当に幸せがあると言えるの⁉」

大きく腕を振って、表情を悲痛に歪《ゆが》めながらライラナは訴える。

「どんなに幸せでも、いずれは死が来てしまう！　死は苦しみを！　悲しみを！　怒りを！　憎しみすらも生んでしまう！　ただ生きているだけで人は感情に翻弄されて苦しむの！　幸せを感じるためのものなのに、多くの人が不幸を味わってきたの！　アニス！　貴方はこの世界が間違っているとは思わないの⁉」

ライラナは目に涙を浮かべながら、必死の形相で叫んだ。

その姿は私たちに圧倒的な恐怖を感じさせたヴァンパイアと同一人物だとは思えない。

でも、これもまたライラナの持つ一面だ。怪物のような絶対者としての姿も、傷ついた少女のように涙を見せる姿も、彼女にとって本当のものなんだ。

「私はヴァンパイアの一族、その全てを受け継いだ！　私に続くまで、どれだけのヴァンパイアが志半ばで倒れ、無念にも届かなかったのか！　望みが叶わないことも！　分かり合えないことも！　だから、わかったの！　この世界は理不尽を生み出すように出来ている！　命に限りがあるから！　奪い合ったり、傷つけ合ったりしなきゃいけない！」

「……否定は出来ないね」

「そうでしょう⁉　だったらわかってよ！　永遠に、苦しみのない世界に作り替えなければ人は不幸の連鎖を繰り返すの！　永遠を求めた先に私は理解したわ！　ヴァンパイアが永遠を求めたのは、世界を変えるためにあったんだって！」

私を見つめるライラナの目に再び絡《から》みつくような執着が浮かび始める。

「人は生まれ変わるべきなのよ！　私たちのように！　もっと美しい命に！　貴方が私と一つになってくれれば、人はもっとより良い命になることが出来るの！　だから……！」

請《こ》うように私に手を差し伸べるライラナ。そんな彼女に、私は首を左右に振った。

「理解出来ない、とは言わない。……でも、その上で私は貴方とは分かり合えない」

「どうして⁉」

「私は貴方ほど、世界に絶望なんかしてないから」

「何故《なぜ》⁉　まさか、精霊信仰を信じているとでも⁉　精霊契約者がいるなら、その正体も、信仰の真実も、精霊が齎《もたら》した魔法が何なのかも理解しているでしょう⁉」

ライラナが忌々《いまいま》しい、と言わんばかりにユフィを睨《にら》み付けた。

私はユフィへの視線を遮るように身体をズラして、ライラナと向き合う。

「精霊契約者なんて、ただ世界の在り方に身を委ねただけの、いずれは消えてしまうだけの存在でしかないのに！　そんな紛《まが》い物にまだ救いを求めたいとでも言うの⁉」

「そんなつもりはないよ。私にはライラナに取り込まれることが本物の救いだとは思えない。精霊契約者が世界の在り方を受け入れただけなら、君はただ世界の在り方を拒みたいだけだ。どっちにしろ、それは極端な在り方でしかない」

「私も間違ってるって、そう言いたいの……？」

「……ライラナの言う通り、命に限りがあれば別れが来てしまう。時には理不尽のような別離だって味わってしまうこともある。生きているだけで苦しみとは無縁でいられない。そんな命の在り方が間違っているんじゃないのか？　と思う気持ちも理解出来る。それでも、私はその苦しみさえも良かったたって言える人生を送りたいんだ」

「……苦しみさえも、良かったって言えるように？」

「苦しみをただの苦しみで終わらせない。限りがあるからこそ、いつか来る終わりに胸を張れるように生きる。それこそが苦しみを乗り越える方法だと信じてる」

「そんな生き方……そんなの！　それは貴方だけが幸せになれる生き方でしかない！」

「私は自分が世界を救えるだなんて自惚《うぬぼ》れていないから。世界どころか人を一人救うことだって出来ない。それでも、私がいることで救われたと思ってくれる人がいてくれるなら、それが私の生きた価値の一つになってくれる」

胸に手を当てて、私はライラナに思いの丈をぶつけるように告げる。

「人の全てが間違っていると諦めるより、人が苦しみを感じることが出来ることに意味があると、私はそう信じてる」

「苦しみを感じることに、何の意味があるというの⁉」

「その痛みを知ることで痛みの重さを知ることが出来る。その重さこそが、私たちに考える力を与えてくれる。かつての精霊契約者たちが安寧を求めたように、ヴァンパイアたちが永遠を求めたように、痛みに抗《あらが》う力は未来を目指す力になってくれるんだ」

それが、私がアニスフィア・ウィン・パレッティアとして立つことが出来る理由。

自分が間違った存在かもしれないと苦悩して、これが正解だと信じられる答えを求めて進み続けてきた。その果てに得ることが出来た、今の自分を信じたいから。

「苦しみだって、何かを生む力に出来る。無闇に否定すれば良いってものじゃない」

「そんなの……じゃあ、痛みに耐えられない人はどうすればいいの？　貴方は耐えられない人に、それでも耐えろと望むの⁉」

「それは望まないよ。でも、他人は他人なんだ。自分で苦しみを乗り切ることを望まなければ、その人は自分の力でどこにも行けないままだ。その人が望まないままなら、私には何もしてやれない」

「だったら……！」

「──だからこそ、私は幸せになるために生きるんだ。私のように生きたいと、そう思うことで救われる誰かが私の後に続くことが出来るように。人は幸せになるために生きることが出来ると証明するために。私は、この世界で生きることを諦めないよ」

だから、私はライラナの望む世界を受け入れられない。彼女の望む世界に、私の望んだ生は存在出来ないから。

「ライラナ、世界の全てを変えなくてもいいんじゃないかな？　貴方の世界を望む人だけ受け入れてあげれば良い。そう思えないかな？」

今度は、私からライラナに手を差し伸べる。届いて欲しいと願いながら。

ライラナは軽く目を見開いて、私の手を見つめた。

「ライラナの作った世界で安らぎを得た人が、いつか未来に向かってまた歩み出すことが出来るかもしれない。それだって素敵な在り方だ。ライラナが私の考えを受け入れてくれるなら、私は貴方と共に歩むことが出来ると思う」

「……」

「……私は、貴方のやり方は間違っていると思う。でも、その願いまで否定したくない。だから一緒に考えられるように生きていけないかな？」

世界の全てを書き換えるのではなくて、一時の揺り籠としてなら。そんな在り方を彼女が受け入れてくれるなら。そんな共に歩む可能性を捨てきれずにいる。

彼女の思いに、彼女の世界に触れてしまったからこそ、どうしても願ってしまうんだ。

一つ間違えば、私もライラナと同じ世界を望んでしまっていたかもしれないから。

もしもそうなった時、私の救いになってくれたのが彼女だったかもしれないから。

ライラナは、もしかしたら私だったかもしれない。そう思ってしまったら、もうただでは切り捨てられない。だから私の言葉が、私の想《おも》いが届いて欲しいと望んでしまう。

「私は魔法が心から大好きなんだ。魔法が人の幸せに結びついてくれるって信じている。だから私は進むことが出来るんだ。……貴方もそうじゃないかな？　ライラナ」

ライラナは何も言わず、俯《うつむ》いていた。そして、顔を俯かせたままぽつりと口を開いた。

「……アニスも魔法が好きなんだね。魔法があることで望める世界を、貴方も心から愛しているんだね？」

「愛してる。だから、私は諦めないでいられるんだ」

願いを口にして、私は祈るようにライラナを見つめる。

ライラナは俯かせていた顔を上げた。目に涙が浮かべながら、淡く微笑《ほほえ》む。

「――残念だね。心の底からそう思う。お互い、こんなに理解し合えるのに……それでも分かり合えないいんだね」

ライラナは、その目に僅かに涙を浮かべて淡く微笑んでいた。

「アニスの考えはわかったよ。わかるからこそ、私が望むものもはっきりとわかったんだ。私は誰かが傷ついたり、不幸になるかもしれない世界なんて許しておけない。世界を変える力があるからこそ、変革させなきゃいけない。それが私の運命なんだ」

「ライラナが目指す世界を受け入れない人がいたとしても？　それでも、全ての人を幸せな揺り籠に入れないとダメなの？　それが、ライラナが望む答えなの？」

「可能性を残してしまえば、人は惑ってしまう弱い生き物だから」

「……そっか。分かり合えないね、私たちは」

私たちは、困ったように微笑み合った。世界を変えたいと望むのは同じなのに、望んだ世界が違うから分かり合えない。

示された決別が、どうしようもなく胸を重くしていく。

「アニス、貴方《あなた》との出会いには意味があった。でも、こんな形で出会いたくなかったな」

「……私もそう思うよ、ライラナ」

会話が途切れて、私たちの間に風が吹いた。そして、ライラナは静かに宣言した。

「アニス、貴方はここで倒さなければならない。私の世界を実現させるためにも、貴方に邪魔をさせない。分かり合えないなら、せめて貴方という存在を私の糧《かて》にする」

「ライラナ、私も貴方を倒さなきゃいけない。私の望む世界を守るためにも、貴方の運命をここで終わらせるためにも。この世界を終わらせる訳にはいかないんだ」

宣言を終えたライラナの気配が膨れ上がり、背中から魔物が溢《あふ》れ出していく。魔物たちはライラナの意志に従うように私へと殺到した。

「アニスッ！」

「大丈夫だよ、ユフィ」

不安げな声を漏らすユフィに安心させるように声をかけながら、私は構えを取る。

迫ってきた魔物を払うように振れば、魔物の身体《からだ》は真っ二つに両断された。

その両断の衝撃はライラナの腕を掠《かす》めて、彼女の腕を引き千切った。

「は……？」

ライラナが腕を再生させながらも呆然《ぼうぜん》と私を見つめる。その瞳には困惑が満ちていた。

「これが……アニスの本当の力……⁉」

「貴方が私に目覚めさせた力だよ、ライラナ」

私の全身に満ち溢れている魔力は、以前の私のものではなくなっている。

以前は背中から感じていた力の脈動は、私の心臓へと場所を移していた。その感覚から間違いなくここに魔石が形成されたのだと理解した。

湧き上がる力に恐ろしさを感じないと言えば嘘《うそ》になる。この万能感に身を任せてしまえば、絶対に道を踏み外す。

さしずめ〝架空式・竜魔心臓《ドラゴン・ハート》〟を改めて〝真・竜魔心臓〟というべきだろうか。

「これが完全に馴染《なじ》んだドラゴンの力か……馴染むだけで、ここまで違うとはね」

「ドラゴン……成る程、アニスの力の源はあのドラゴンだったのね？　それなら私が心を奪われるのも納得だわ」

「純粋なドラゴン、って訳ではないけれどね。ライラナのお陰かな?」

ライラナにヴァンパイアにされそうになった時、刻印紋を通して私に宿っていたドラゴンの力が反発して互いに喰《く》い合った。

ユフィの後押しもあったことでドラゴンの力が勝り、ドラゴンのものを主体として形成されたのが私の胸に生まれた魔石だ。

この魔石には、ドラゴンだけではなくてヴァンパイアの力も宿っているのを感じる。

魔石持ちの魔物が何故、他の魔物を狙うのか。これこそがその理由なんだろう。もっとより強い存在となるために、他の魔物から力を奪うために。

結果的に私はライラナに侵蝕《しんしょく》されたことでヴァンパイアの力を取り込んだ。

ヴァンパイアは血液などを通して他者から魔力を取り込むことが出来る。本来、他者の魔力を身体に取り込むのは難しい。けれど、ヴァンパイアの力によって即座に馴染ませることが出来る。その力が私とドラゴンを完全に結びつけたんだろう。

纏《まと》めるなら、今の私は人型のドラゴンと言うべき存在になった訳だ。

自分の状態への興味は尽きないけれど、それは後回しだ。先に済ませておかなければならないことがある。

「ユフィは皆《みんな》と下がってて。力加減に自信がないから、皆を巻き込みたくない」

「アニス、しかし……！」

「今度こそ、私を信じて」

私が真っ直《ます》ぐ見つめながら伝えると、ユフィは不安を押し殺すような表情で一歩後ろに下がってくれた。ユフィに微笑みかけた後、私はライラナと向き合う。

「決着をつけようか、ライラナ」

「今の貴方を相手に幾ら魔物を出しても無意味だね。それに他の者たちに邪魔をされたくない。飛べるんでしょう？　決着はそこでつけよう」

ライラナは二対四翼の翼を広げて、空へと舞い上がった。

空へと上がっていくライラナを見上げながら、私も王天衣に魔力を注いで翼を広げた。

地上から離れて空で向き合った私たち。先手を仕掛けてきたのはライラナだった。

ライラナの手に光が灯《とも》り、その手を振ると無数の魔力の弾丸が宙に浮かぶ。それが時間差を付けながら私へと放たれた。

回避のために横に逸《そ》れると、私を追尾するように迫ってきたので引き剝がすために前へと身体を倒すように飛翔《ひしょう》する。

しかし、振り切れない。ならばと振り返りながら魔力刃《まりょくじん》を伸ばして追尾してきた魔力の弾丸を切り捨てる。

「この程度の魔法ではあしらわれるだけだ、ねッ！」

いつの間にか背後に迫っていたライラナ、その爪をセレスティアルで受け止める。

振り払うために強くセレスティアルで弾《はじ》くと、ライラナも素早く距離を取った。

「……払っただけで、爪もこうなる」

ライラナの爪にはヒビが入っていたものの、すぐになかったかのように再生する。

「ドラゴンの力は凄《すさ》まじいね。災害の代名詞は伊達《だて》じゃないのね」

「気持ちとしては複雑だけど、ねッ！」

今度は私から一直線にライラナに向かって飛翔する。するとライラナもまた真っ向から向かってきた。

彼女の手に現れたのは闇を凝縮したような魔力刃。それが私の魔力刃とぶつかり合う。

その瞬間、魔力刃の出力が落ちたような感覚を覚えた。そのままずるりと私の身体の中から魔力が抜き出されるような感覚に襲われる。

咄嗟《とっさ》にライラナと距離を取るために弾くも、すぐにライラナが私に迫ってくる。

再び刃を合わせると、ライラナの黒い魔力刃が私の魔力刃を侵蝕するように掻《か》き消しているのが見えた。その掻き消した部分からライラナへと魔力が流れ込んでいく。

「……ッ、闇属性の魔力刃か！」

「ご明察！　闇は私の一番得意な属性なの！」

「闇属性の魔法、その抑制効果か……！　そこから魔力を奪うように侵蝕するのが、貴方が魔法に対して生み出した必勝法って訳だ……！」

「正解……ッ！」

魔法の属性において、闇属性は静寂と終わりを司《つかさど》る。精神を安定させて眠りに誘《いざな》ったり、他の魔法の効力を抑え込んだり、抑制や消失の効果を持つ魔法が多い。

ライラナは更に踏み込んで、魔法の効果が抑制されたところから侵蝕して魔力を奪っていくという芸当を見せてきた。

つまりは闇属性の魔法とヴァンパイアの特性の組み合わせだ。私の魔力刃も呑《の》み込もうとする闇はライラナが魔法使いの天敵であることの証明のようだ。

「魔法を通して魔力を奪うって言うならッ！　これはどうだぁッ！」

私は魔力刃の展開をあっさりと諦めて、拳を強く握り込んだ。そのままドラゴンの魔力で身体を強化していく。

「ハァッ‼」

私が何をしようとしているかを悟ったのか、ライラナの表情が引き攣《つ》る。

「――ッ⁉」

私の拳がライラナの頬へと突き刺さった。そのまま空を滑るように吹き飛ぶ。

ライラナは空中で姿勢を立て直して、不自然に傾《かし》げられた頭を無理矢理元に戻す。その際、骨が大きな音を立てた。

あまりにも痛々しい音だったので、つい顔を顰《しか》める。絶対に首の骨が折れていた筈《はず》だ。それでも、ただ元の位置に戻すだけで再生してくるのだから頭が痛くなる。

「接近するのも危険だね、アニスが相手だと」

「どうせすぐ再生するんでしょう？　なら、再生しなくなるまで殴る」

「怖い怖い！　ただの魔法じゃ駄目！　近づいても駄目！　本当に怖いなぁ！　だったらこうする‼」

ライラナが手を頭上へと掲げて、何か魔法を練り上げていく。

それは最初は黒紫色の光を放つ光球だった。しかし、ライラナが異常な程の魔力を注いでいくとゆっくりと姿を変えていく。

……あれは、ただの魔法じゃない。それにどこか既視感がある。

私が観察している間に、光は変貌を終えていた。ライラナを取り巻く闇を纏ったかのような翼のある大蛇。

「精霊顕現、だっけ？　直《じか》で見れて良かったよ、実に参考になった」

「……まさか！」

「誤解しないでね？　あれとは良く似て非なるもの。これは私の魔法を魔石として結晶化させて、私の一部を与えた魔法にして分身。名前を付けるなら〝魔性顕現〟かな……！」

それは本来、魔石持ちの魔物が生まれる順序を逆転させたようなものだ。

魔法を元にして魔物を作り上げるなんて、それは確かにユフィの精霊顕現によく似ているけれど、中身は全くの別物だろう。

「――喰らって、〝ヨルムンガンド〟！　私の愛《いと》しの人を、私の永遠に連れてきて！」

ライラナの号令に従ってヨルムンガンドと名付けられた巨大な蛇が私に大きく口を開いて襲いかかってきた。

巨体をすり抜けるようにして回避、すれ違い様にセレスティアルを振ったけれど、その身に魔力刃が触れた瞬間に魔力がずるりと持っていかれた。

「チッ……！　本体よりも強烈に吸い上げてくれるわね……！」

「そのために特化した存在、私が作り上げた命にして魔法よ！」

ライラナはその場から動かず、牽制《けんせい》の魔法を放ちながら大蛇を私に襲わせる。

王天衣の翼に掠るだけでも魔力を持っていかれてしまう。これはいけないとライラナへ向かおうとするけれど、道を塞ぐように足止めされてしまう。

「厄介な……！」

私は舌打ちを一つ零《こぼ》して、大蛇から距離を取ろうとする。しかし、振り払うことが出来なくて空中を飛び回る。

ライラナが進路を妨害するように時間差で私へと魔法を放つ。大蛇もライラナの魔法をも取り込みながら私に迫ってくるせいで動きが予測しきれない。

「触れるだけでアウトなんて、本当にやってられないわね！　反則も大概にしろッ！」

さて、どうしたものか。悪態を吐《つ》きながら迫ってきた大蛇を回避して思考を回す。

ライラナの魔法を喰らうカラクリは闇魔法による魔法の制止と抑制、そこから穴を開けるように魔法から根幹となる魔力を吸い上げることで無力化する。

これはライラナがヴァンパイアで、攻撃を受けることを物ともしていない耐久力があることから有効に機能している。死にさえしなければ、僅かにでも穴を開けられれば、彼女は魔法使いに対して優位に立てる。

だけど身体強化のような魔法は妨害出来ないようだ。ライラナが触れれば消せるかもしれないけれど、ずっと接触しているような状況にならなければ良い。

ならライラナの心が折れるまで叩《たた》くという方法もあるけれど、それではこの大蛇は止められない。

魔法で生み出された、魔法そのものである魔物。そのためだけに作られた自然界の精霊とは似て非なるもの。

ユフィの精霊顕現が魔法の極致とするなら、ライラナの魔性顕現は人工魔石の極致なのかもしれない。つい、そんなことを考えてしまうけれど、ゆっくり考えている暇はない。

とにかくこの大蛇をどうにかしないとライラナに接近するのも難しい。

「アニス！　余所見《よそみ》しないでよォ！」

大蛇を回避していると、隙を突いたようにライラナが闇属性の魔力刃を振りかざしながら向かってくる。

セレスティアルで押し返すように払うと、入れ替わるように大蛇が襲いかかってくる。

このままじゃジリ貧だ……！

「だったら、こうだッ！　セレスティアル――ッ‼」

私はセレスティアルに魔力を全力で込める。薄《うっす》らと以前より白くなった空色の刃が結晶化していく。長剣ほどのサイズになった魔力刃を構えて、私はライラナが差し向けた大蛇へと振り下ろす。

大蛇に込められた魔力が結晶化した魔力の刃に絡《から》む。刀身を這《は》いずりながら剣を折ろうとするも、私が過剰にまで込めた魔力刃は侵蝕を通さない。

「ブっち斬れ――ッ‼」

気合いを込めて振り切ったセレスティアルが、大蛇を半ばから断つように両断する。

形を失い、闇に溶けるように消えていく大蛇にライラナが大きく目を見開いた。

「嘘《うそ》ッ⁉ そんな無理矢理⁉ どんな密度をしてるの、馬鹿げてるわッ⁉」

「基礎と基本が一番大事って言うでしょ？ 何事もシンプルが一番だ――ッ‼」

ライラナが焦《あせ》ったような表情をして腕を交差させて後ろへと下がろうとする。

私は遅いと言わんばかりにセレスティアルで逆袈裟《けさ》にライラナを斬り裂いた。

「ぐう、ううっ！」

脇から肩に大きく斬り裂かれたライラナ、その身体《からだ》から鮮血が噴き出した。すぐに傷は再生されたけど、ライラナの表情は険しい。

これならいけると手応えを感じていると、不意にライラナが笑い出した。

おかしくて堪《たま》らない、という様子なライラナに訝《いぶか》しげな表情を浮かべてしまう。

「ふ、ふふっ！ どうしてかしらなんだか、笑っちゃうわ。こんなに真剣に勝ちたいって思ったのは初めて！」

「……初めて？」

「私は、負けたことがないから」

ぽつりと、そう呟《つぶや》くライラナの表情はどこまでも楽しげで、そして穏やかだった。

「物心ついた頃には魔石から得られる知識で色々と悟ってた。皆《みんな》、そんな私のことを賞賛してくれた。お前は歴代のヴァンパイアの中で最も優れた存在になるだろう、って。実際にそうなった。私に勝てるヴァンパイアなんて、他にいなかった」

「それは、随分な自慢話だね」

「だからいつだって、悩むのは自分のこれからや世界のことばかり。……でも、今は貴方《あなた》のことで頭がいっぱいなんだ」

ライラナは、それから困ったように微笑《ほほえ》んだ。

「……あぁ、そうなんだ。これが貴方で、これが貴方の魔法なのね。アニス。知らないことを知る気持ち、可能性を見出《みいだ》して、追求して、未知への期待に胸を高鳴らせる。不可能なんてない、今は無理でも、今度こそはと挑もうと思える気持ち」

ライラナの口から紡《つむ》がれる言葉に、私は思わず胸がドキリとしてしまった。

彼女はただ穏やかに微笑んでいる。そして、自分の胸をそっと撫《な》でた。

「競い合うって、こんなに胸が躍るものだったのね」

「……ッ」

「楽しいわ。初めて、こんなにも魔法がキラキラして見えるの」

……ダメだ。ライラナの呟きに振り切ったはずの思いが息を吹き返しそうになる。

私たちの道が重なることはないと、あんなにも確認し合ったのに。

「……ッ！　どうしてッ⁉」

「……アニス？」

「ライラナ、貴方はずっと一人だったの？　誰も貴方を見てくれなかったの？　誰か一人でも、貴方自身を見てくれた人は⁉　優れたヴァンパイアでもなくて、ただ魔法を教え合うような、一緒に歩いてくれる人はいなかったの⁉」

私が唇を強く噛《か》み締める中で、ライラナはただキョトンとしている。

すると、ライラナは何かに納得がいったように目を開いて、静かに言葉を零した。

「そっか、そうなんだ。――私、ずっと一人ぼっちだったんだ。気付かなかった」

ライラナの呟きに、私はどうしてと叫びたくて堪らなかった。

魔法の才能に〝優れてた〟からこそ、ライラナは孤独だったなら。

魔法の才能が〝なかった〟からこそ、孤独だった私と同じだ。

そんなの皮肉すぎて、悲しくて、悔しくて、やるせなくなる。

どれだけ命を呑《の》み込もうと、彼女はどこまでも一人だった。だから噛み合わないんだ。彼女の愛し方は、まるで家畜を愛するかのようなもの。どうしてそんなことになってしまったのか理解したなら、どうしても憤《いきどお》りが抑えられない。

ライラナの傍《そば》には、私にとってのユフィを始めとした大切な人がいなかった。

だから、彼女はずっと一人ぼっちで、一人ぼっちだったから彼女という化け物が生まれてしまった。

もしかしたら、何か一つでも違っていれば。こんな出会い方でなければ、私たちは友達にだってなれた筈なのに。そんな思いが消えてくれそうにない。

「寂しいなんて、そう思うことはなかった。でも、私たちヴァンパイアは互いに近づきすぎたのね。まるで一つに溶け合っていたように。それなら寂しいなんて思う必要はない。でも、そっか。これが本当に〝他人〟と触れ合うということなのね」

「……ッ」

「こんな出会いでなければ、私たちはどれだけ一緒に喜び合うことが出来たのかな？」

「今からでも、まだ間に合うよ……」

「……思ってもないことは言わない方がいいよ、アニス」

悟ったような表情でライラナは私にそう言った。

「貴方と出会えたことは幸運だった。間違いなく運命を感じている。でも、遅かったの。だから私たちは道を重ねることは出来ないわ。アニスだって思うのでしょう？　出会いがこんな形でなければ、って。誰もが望んだ運命を手に入れられない。誰かが望んだ運命を手にする傍《かたわ》らで、望んだ運命が得られない人がいる。世界は理不尽で出来ている」

「ライラナ……」

「私の作ろうとしている世界に過去しかないと、貴方は言ったわね。認めるわ。覆《くつがえ》せない事実よ。でも、だから？　それが悪いことなの？　いいえ、いいえ！　それを悪だと言うなら、私はどんな悪になっても構わないわ‼」

ライラナは真紅の瞳を切なげに伏せた。胸を摑《つか》む手が震える程に力が籠もっている。

彼女は怪物なんかじゃない。どうしようもなく彼女は人間だ。今、強烈なまでにそう感じてしまった。

「こんな世界を喰い尽くして、殺し尽くして、滅ぼし尽くしても！　それで理不尽も！　望まなかった運命も！　全てがなくなるなら、私はこの身を世界に変えていい！　都合の良《い》い、永遠に幸せな夢で世界を看取《みと》ってあげる‼　もう二度と誰もがこんな痛みを味わうことがない世界を‼」

「……最後には、一人ぼっちになってしまうのに？」

「私が最後になれるなら、本望だわ。私の願いに、貴方は気付かせてくれた」

「そんなことを気付かせるために出会っただなんて、思いたくない……！」

「でも、それが間違いなく私たちの運命だった。生かすだけでは世界の全ては救えないのだと、この世界は私たちに突きつける」

「違う！　……違う……！　それでも諦めることが正しいとは私は思わない！」

「だから、分かり合えないんだよ。私たちは」

軋《きし》む程に歯を噛み諦めて、湧き出てくる激情に身を震わせることしか出来ない。

その一方で、ライラナが困ったように微笑んでいる。

「アニスは、私の天敵だったんだね」

「……私が天敵？」

「生き方も、種としての在り方も、何もかも。私は自らの内に無数の生命を取り込んだ〝群体〟。本体さえ死ななければ、どれだけ手足を失っても、核さえ残ればそこから再生出来る。対してアニスは〝単体〟として完成されてる。数多《あまた》の生命を取り込み、その力を全て一つに凝縮した存在。だから私の群れの強みが活《い》かせない。このまま戦っても結末は見えちゃった。私が磨《す》り潰されて負けちゃうからね」

「……なら、諦めたら？」

「降伏しろって？　……出来ないよ。私はこの世界が続くことに耐えられないんだから」

「ライラナ。貴方の願いを叶《かな》えるのは今じゃないとダメなの？　人は前に進むんだ。貴方が信じられるような未来の可能性が今はなくても、未来には希望があるかもしれないんだ。それを待つことは出来ないの？　信じることも、永遠の形の一つだよ！」

「……信じることが、永遠？」

「今この一瞬も、次の一瞬に繋《つな》げていくんだ。何度だって形を変えても、決して潰《つい》えることがないように。記憶して、刻んで、忘れない。そうして全てを受け継ぎながら皆で進むんだ。それを信じることが出来るなら、永遠にだって届くと私は信じてる」

あと一回、どうかあと一回だけ、この心に従うことを許して欲しい。私はそう祈りながらライラナへと手を差し伸べる。

「それじゃあ、ダメかな？」

私の問いかけに、ライラナは顔を伏せるように目を閉じた。

暫《しば》し黙り込んでからライラナは顔を上げた。彼女はまるで聖女のように優しく微笑んでいた。

「……確かに、それも永遠かもしれない」

「なら――！」

「――その永遠は貴方が実現してよ。アニスがそんな永遠を願ってくれるなら、私は私の思う永遠に全てを賭けることが出来るから」

「ライラナ……ッ！」

「ありがとう。でも、ごめんなさい。本当は嬉《うれ》しいんだ。もし、私が貴方に否定されたのだとしても永遠の可能性が残るんだって知ってしまったから。だから、心置きなく全てを賭けることが出来る」

「……ッ、どうしてもダメなの⁉　一緒に歩むことは出来ないの⁉」

「私にも背負うものがあるから。パレッティア王国への復讐《ふくしゅう》。貴方たちの魔法を越えるという悲願。それもまた、私の血肉になっているから」

「それを今、ここで持ち出すの⁉　それは、ライラナ自身の願いじゃないでしょう⁉」

「それも含めて、私だから。貴方という競い合う未来があるから、私は初めて全てを投げ出しても良いと思えた。それに、ちょっと負けそうなのが悔しいしね！」

「悔しいって……そんな理由で！」

怒鳴る私に対して、ライラナは微笑みを浮かべている。どうして、そんな穏やかな顔で笑っていられるんだろう。

ひしひしと感じる気配。この気配は、彼女の決意を嫌でも感じさせる。

——ライラナはここで死ぬつもりだ、と。

「それでライラナは本当に良いの⁉」

「私の願いが失われても、永遠は失われない。貴方《あなた》がそう教えてくれた。だからアニス、最後まで全力で競い合わせてよ！　どっちの信じた〝魔法〟が明日を掴むのかを！」

ライラナは祈るように胸の前で手を握り合わせた。どこまでも満足そうに、楽しそうに。これから起きることにワクワクが止まらないと言わんばかりだ。

「偉大なる我等《われら》が祖よ！　貴方たちの末は遂《つい》に答えを得ました！　全ては、安寧と幸福の眠りへと導くために。この刹那に過ぎない幸せを永遠にするために！　それこそが我等の辿《たど》り着くべき理想なのだと——！」

ふと、ライラナの足先から溶けるようにして身体《からだ》が昏《くら》い闇へと変わっていく。まるで自分の身体そのものを〝魔法〟へと変えているかのようだ。その光景を、私はどうしても受け入れることが出来なかった。

「——私は、私は認めない！　こんな〝魔法〟を私は絶対に認めない！」

「アニス……」

「こんなの、ただ死に行くための魔法だ。私は、私は絶対に……絶対に……！」

「──アニス！」

ライラナはもう腕も闇に溶けて、上半身しか残っていない。

それでもライラナの笑みは揺るがない。私へ慈《いつく》しみと感謝を込めて見つめてくる。

「──私は幸せだよ！　だって、果たすべき目標を見つけたから！　夢を現《うつつ》に！　不可能を可能に！　人々に祝福あれ！　私の永遠で全てを呑み込んであげる！　あらゆる幸せのための揺り籠になるわ！　世界を喰《く》らって、全てを幸福な夢幻の果てに沈めるために！

それが私の人生の答え！」

……わかっている。もう、私の言葉は届かない。

最初からずっと届いていなかったかもしれないけれど、それでも言葉が出てくる。

「……やっぱり、出会いたくなかったな。ライラナ。私は、ずっと貴方を恨むよ」

互いに有り得た未来を思い描いてしまいたくなる程、私たちは響き合っていた。

きっと、私の中でずっと尾を引き続けるのだろう。彼女と出会ったことは。

出会いたくはなかった。──でも、出会わなければならなかった人。

「アニス、最後まで勝負しよう！　それで、もしもまた出会えたら、その時は――――」

ライラナの言葉は最後まで形にならず、闇に溶けるようにして消えた。

その瞬間、ライラナが溶けた闇が明確な輪郭を取って姿を現した。

その姿は蛇に似ている。いや、それは蛇というよりはまるで――。

「――〝龍〟……？」

美しき角に、穏やかな赤色の瞳。そして風に靡《なび》く白い鬣《たてがみ》がライラナという存在が変じたという事実を嫌でも突きつけてくる。

前世の記憶を蘇《よみがえ》らせるような造形の闇色の龍。その背の翼を大きく広げ、耳に心地好い澄んだ声で産声《うぶごえ》を上げた。

「――――――」

澄んだ声は、まるで楽器の音色のような心地好さを伴って世界に響き渡った。

ライラナが転じた龍は天に向かって歌うように声を上げている。その神秘的とさえ言える光景に目を奪われていたけれど、気を取り直して構えを取る。

確かに美しくはあるけれど、あれはこの世にはあってはいけない存在だ。

見惚《みと》れている場合じゃない。そう思って攻撃に移ろうとしたところで、いきなり身体が何かに引っ張られた。

「うわ、何ッ——!?」

身体が引っ張られる力は強く、龍の方へと身体が近づいてしまう。まるで引力のようだ。

龍はただその場に佇《たたず》み、声を響かせ続けている。

私がその場に踏《ふ》み止《とど》まっていると、森が引っ張られたようにざわめき始める。

まず姿を見せたのは鳥だった。一斉に飛び立った鳥がまるで引き寄せられるように龍へと集っていく。——そして、鳥の身体がとぷんと龍の身体に沈んで消えていった。

「な……!?」

鳥が取り込まれたのをキッカケにして、森に住まう動物から魔物、その全てが宙に浮いて龍の身体へと張り付き、どんどんと取り込まれていく。

龍——ライラナは歌い続けている。心地好い音色で、戦意が萎《しぼ》んでいくように消えていく。優しく語りかけるように、手を広げるように翼を広げている。

ライラナに取り込まれた生き物たちは心地好さそうにライラナに溺れて、その身体の中へと沈んでいく。その様を見て、背筋にゾッと悪寒《おかん》が走った。

「本当に世界を呑《の》み込む気なの……!」

「アニス！」

「ユフィ！」

ふと、後ろから衝撃を感じた。ユフィが王天衣の翼を広げて抱きついてきたようだ。

「そうだ、皆《みんな》は⁉　まさか吸い込まれたりしてないのよね⁉」

「レイニとアルガルドが中心になって防壁を魔法で築いていますが、この歌は魔法の効果を減退させているようなのです。いずれは、時間の問題かもしれません……」

私はユフィの言葉を聞いて、下へと視線を移した。

下では皆が土や氷などを魔法で生み出して防壁を作り上げている。

嵐に耐えるように縮こまっているけれど、防壁も砂が崩れるように出来上がった端から削られ、ライラナへと吸い込まれるように消えていく。

「……アニス」

ユフィが私を背から抱き締める。その声は弱々しく、力がないものだ。

今、この場所は魔法の力が効果を発揮出来ない。そんな真っ直中《ただなか》にいるユフィの心境を思えば心細くなるのも無理もないだろう。

そして、何かを言い淀《よど》んでいるその理由も、私は察してしまうのだった。

「姉上ッ！　聞こえるか！」

「アルくん！」

「今ならまだ間に合う！　――貴方とユフィだけでもここから離れろッ‼」

防壁を築きつつも、アルくんがアクリルちゃんに支えられながら叫んだ。

アルくんの言葉はユフィが言いかけて、けれど言い出せなかった言葉だろう。

このままここにいてもライラナに取り込まれてしまう。

それなら――私とユフィだけでも生き残るべきだ、と。そう考えるのは当然のことだ。

「……アニス」

ユフィが私を強く抱き締めながら名前を呼ぶ。

……確かに、この状況は危機的状況だ。立ち竦《すく》んでいても何も変わらない。

だから、私のするべきことは決まっている。

「アルくん！　君は！　私を誰だと思っているのッ‼」

笑え。こんな状況だからこそ、誰よりも笑ってみせろ！

「――私は、パレッティア王国をドラゴンから守った〝ドラゴンキラー〟だよッ！」

――あれも龍、つまりはドラゴンだ。なら、やってやるしかない。

どんなに魔法が通じなくても、最後まで諦めずに抗《あらが》ってこそだ。

ライラナ。私は貴方の永遠を否定した者として、貴方を討たなきゃいけない。

だから、出し惜しみなんかしている場合ではない。嘆いている場合でもない！

私が思い描く最高の魔法でライラナを見送ろう。友達になれたかもしれない君に思いを届けるために。

「耐えて！　必ず私が——皆を守ってみせる！　だから、私に命を預けて！」

アルくんが目を見開いた。それから目を閉じて、息を吐いたかと思えば皮肉げな笑みを浮かべた。その隣に立つアクリルちゃんも牙を剝《む》くように笑っていた。

「やれやれ、馬鹿も極めれば無謀も奇跡に早変わりか。——やれるんだな、姉上！」

「やるッ！」

「なら、行ってくれ！　ここは俺に任せろ！」

「アルくんがそう言ってくれるなら安心だ！　アクリルちゃん、アルくんをよろしく！」

「言われるまでもない！　さっさと片付けてこい！　あと、それから！」

「それから？」

「ライラナに取り込まれた同胞たちも送ってやってくれ！　お願いだ、アニスフィア！」

アクリルちゃんは今にも泣きそうな声でそう叫んだ。

その叫びに込められた思いを受け取って、私は強く頷《うなず》いた。

「アニス様！　行ってください！　ここは絶対に保《も》たせてみせますから！」

「間近でドラゴン狩りが見られるだなんて、最高の土産話じゃないですか！」

「こんな状況でも緊張感がない男だな、貴様は！　アニスフィア王姉殿下、ご武運を！」

レイニが、ガッくんが、ナヴルくんが私に声をかけてくれる。

防壁作りに加わっている騎士たちも、そんな騎士たちが引き寄せられないように支えている冒険者たちも叫ぶ。その声が私に力をくれる気がした。

「ユフィ。付き合ってくれる？　今回も無茶ばっかりだけどさ」

「――はい。貴方が望むなら、どこまでも。この誓いは今も変わりません」

ユフィが私の手を取って微笑《ほほえ》んでくれる。

私はユフィの笑顔を見て微笑み、そして王天衣の翼を広げた。

ユフィと二人分で広げた王天衣の翼はライラナの引力を突き抜けるように空へと私たちを運んでくれた。

そして、ライラナの引力から逃れる高さまで昇り詰める。同時に雲が晴れて、月の光が私を柔らかく照らした。

「アニス、しかし一体どうやってライラナを……」

「一応、考えがあるんだけど……ユフィも、命を預けてくれるよね？」

「それは、勿論《もちろん》」

「ありがとう。じゃあ、ちょっと失礼するね」

「え？」

ユフィが呆《ほう》けている間に、私はユフィの唇を奪った。

そのままユフィの舌を引き寄せてから噛《か》んで、痛みに顔を顰《しか》めたユフィが私の肩に手をかけた。

引き剝がされないように深く口付けながら、ユフィの血を通して魔力を吸い上げていく。

急激に抜き取られた魔力にユフィが涙目になりながら目を閉じて、身を震わせた。

「……ぷは、ごめんね。ちょっと魔力が私のだけだと足りなそうだから」

「……それなら、最初からそうだと、言ってください」

唇を離して謝ると、ユフィは口元を拭いながら涙目で睨《にら》んできた。

思いっきり魔力を抜き取ったせいで気怠《けだる》そうな様子だけど、もう少しユフィに頑張って貰《もら》わないと。

「ユフィは飛行を支えてて貰っていいかな。最悪、魔力を完全に使い切るから」

「……何をするつもりなんですか？」

「──魔法でドラゴンを呼び出す」

「……は？」

「私とユフィの魔力で、ドラゴンを再現してアレにぶつける。ライラナが使ってた魔法と同じように」

「あっ……⁉ でも、そんなことが出来るんですか……⁉」

「多分だけど、出来る」

ライラナが生み出した〝ヨルムンガンド〟、要はアレを私はドラゴンで再現しようとしている訳だ。

「稀人《まれびと》である私は、精霊と共鳴する術《すべ》を持たない。でも、魔石を通して精霊を取り込んで従えることは出来る。その精霊を魔法としてドラゴンに変換するんだ」

ヴァンパイアの魔石の研究を経て、魔石によって用いられる魔法の仕組みも判明した。魔石による魔法の行使。そのコツは共鳴ではなく、支配して従えることだ。強い意志で世界の欠片《かけら》たる精霊を変化させることで魔法は形になる。

そしてライラナに見せられた夢の中で、私は〝魔法を使う〟ことが出来た。あの感覚はヴァンパイア化の影響で得られた副産物なのだろう。

ここまで歩んできた道のりが全てピースとなって、今、揃《そろ》う時が来た。

「でも、ライラナを確実に倒せるかまでは保証出来ない。実際にやってみないと――」

「――だから、試すんでしょう？」

ユフィが私を強く抱き締めながら微笑みかけてくれた。

成功するかはわからない。失敗するかもしれない。それでも、可能性があるなら進む。

一人では立ち竦んでしまいそうな困難な道でも、隣で手を握ってくれる人がいる。

「私も補助します。精霊側からもアニスに力を貸すように誘導出来れば、力が増すかもしれません」

アルカンシェルを抜きながらユフィがそう言った。精霊契約者であるユフィが精霊にも協力してくれるようにアプローチ出来るなら、成功の確率は上がるかもしれない。

それなら、後は実践するだけ。……なんだ、いつものことじゃないか！

「やるよ、ユフィ！」

「はい、アニス！」

私はセレスティアルを、ユフィはアルカンシェルを突き出すように構えて刃を重ねる。

意識を心臓に、そこに生まれた魔石へと集中させていく。脳裏に思い描く姿は、かつて挑んだ偉大なる姿。

生命として何よりも美しく、畏怖すべき存在。その力は今、この胸に宿っている。

あのドラゴンがライラナに劣るだろうか？　それは否《いな》だ！

一呼吸、息を吸い込むだけで熱が胸に灯《とも》るかのようだった。熱く、焼け焦げて、そのまま乾いてしまいそうな程の熱。

まるで苛《さいな》むかのような熱が意識を朦朧《もうろう》とさせたのか、ドラゴンの笑い声が聞こえたような気がした。まるで足りないと催促するかのように。

「うぅ、うぅぅっ、うぅぅううううう――ッ！」

「アニス……⁉」

痛い、熱い、苦しい、息が出来ない。脳裏にぐわんぐわんと響きそうな笑い声が満ちていく。実際に音として聞けば耳障《みみざわ》りこの上ない叫びに私は叫び返した！

「いいから……！　黙って力を、寄越《よこ》せ！　この馬鹿ドラゴンがぁ――――ッ‼」

次の瞬間、胸を焦がす熱の質が変わった。

それは火傷《やけど》をするような熱ではなく、温かく、力強く、鼓動に合わせて実感する。

私の魔力がごっそりと失われていく。吸い取る、なんて勢いじゃない。絞り取るような勢いで魂が軋《きし》んだ。

目の奥が真っ赤に染まり、ここが地面だったら膝をついてしまいそうだった。

「ッ、アニス……！」

私の魔力が一気に枯渇《こかつ》したのを感じ取ったのか、ユフィが強く手を握る。すると、私の手を通じてユフィから魔力が流れ込んできた。

私と同じような苦痛を味わったのか、ユフィの顔が苦痛に歪《ゆが》む。それでもユフィは私の手を離さない。

「加減、しろ、この……！」

「でも、これ、なら……！」

私とユフィの魔力が、私の中で混ざり合っていく。ぐるぐると螺旋《らせん》を描き、二つの線が一つの線へと編まれていくように。

ふと、そこで一つのイメージが脳裏に浮かんだ。そのイメージに私は即座に叫んだ。

「ユフィ、アルカンシェルを掲げて！」

「は、はい！」

私がセレスティアルを掲げ、ユフィが一拍遅れてアルカンシェルを掲げる。

いつだか、同じような光景を見た気がする。それは私たちが初めて王天衣を纏《まと》って国民の前で飛んだ際、最後に祝福を捧《ささ》げた時のように。

混ざり合った魔力がセレスティアルとアルカンシェルを通じて剣先へと集束する。

浮かび上がったのは色なき無色透明な光。眩《まばゆ》く輝く光が天へと向かって伸びていく。

光は二叉《また》に分かれ、螺旋を描いていく。その螺旋が再び分かれて、互いの尾を噛むように円環を生み出す。

空に無数の円環が描かれていき、光は球のように形を作っていく。やがて光球が縮んでいき、一つの形を象《かたど》っていく。その姿を見て、ユフィがぽつりと呟《つぶや》いた。

「――……ドラゴン」

太陽が降りてきたような目映《まばゆ》さは、その輪郭しか私たちに見ることを許さない。不思議と光が目には痛まなかった。これはドラゴンの形をした光なのか、ドラゴンが光を纏っているのか。

どちらにせよ、私の魔法は形となった。なら、後は最後の仕上げのみ。

視線を向けた先には、闇を煮詰めたような黒い龍――ライラナ。

私は白く光り輝くドラゴンへ、セレスティアルを振り下ろしながら告げた。

「――〝光に、還《かえ》してあげて〟」

私の言葉に合わせて、ドラゴンが動きを見せた。

ライラナに向かって距離を詰めていくドラゴン。ライラナは迫ってくるドラゴンを意に介さず歌っている。

いつの間にか、ライラナからの引力が消えていた。

ライラナの力が無力化されていっているのだ。ドラゴンが纏う光は、まるで全てを無に帰す光だ。魔法が色のついた水だとするなら、これは水の色をひたすら薄めて無色透明へと変えるような現象。

中和、無力化、無効化。それが私が顕現させたドラゴンの力だった。

「――――」

ライラナは未《いま》だに歌い続けている。けれど、どんなに力を注ごうとも、その歌声は効果を発揮しない。それが私の齎《もたら》した結果だった。

ごめん、と言いかけた唇を咄嗟《とっさ》に強く噛んだ。受け入れられなかったけれど、あの龍はライラナの願いそのものだ。我が身を捧げてまで望んだ理想の形。

それを美しいと思いながらも、私はその願いを踏みにじる。

これは私のエゴだ。だから告げるべきなのは謝罪じゃない。貴方《あなた》を否定するという罪を背負う、その覚悟を示すための宣言だ。

「私は貴方を忘れないよ。貴方が受け継いできた全てはここまで。貴方にこの先はない。この宿命を誰にも受け継がせることもない。私が全部終わらせる。だから――永遠の夢の中で、ずっと微睡《まどろ》んでいて」

声が震えないように、別れは泣き顔で済ませたくないから。
そんな思いを察してくれたかのように、ユフィが私の手を取ってくれる。
ユフィの手から感じる温《ぬく》もりに励まされるように、私は笑みを浮かべて告げた。

「――さようなら、ライラナ。友達になれたかもしれない人」

私の決別の言葉を受けて、ドラゴンが息を吸うように仰《の》け反った。
そして、放たれた咆哮《ほうこう》はブレスと共に龍を滅びへと導く。
ライラナが命をかけて編み上げた魔法を、世界を思いながら歌う龍を掻《か》き消していく。
そして、その姿が幻影だったかのように消え去った後……空が白んで日が昇り始めた。
同時にドラゴンも幻だったように溶けていき、消えていく。

ドラゴンが完全に消えると、夜明けの空に大きな虹がかかった。

そんな美しい空を私は瞬《まばた》きを忘れたようにただジッと見つめる。

「……アニス、泣いて良いんですよ」

ユフィが私に寄りかかるように身を寄せながら、ぽつりと呟いた。

優しいその声に、堪《こら》えていたものが一気に溢《あふ》れ出してしまいそうだった。それを必死に堪えて、歯を食いしばる。

ゆっくりと息を吸って、力を抜くように時間をかけて息を吐いた。

「──泣かないよ。笑って、見送るって決めたんだ……」

目から零《こぼ》れ落ちる熱さは、きっと気のせいだと誤魔化すように。

虹は、天と地を結ぶ架け橋だという。それなら、この空にかかった虹はライラナを天へと導くものであって欲しい。

どうしても、そう願わずにはいられなかった。

エンディング

「あ〜〜〜……もうだめ。指一本も動かしたくない……」

「……そうですね」

夜が明けたばかりの空をユフィと寝転んで眺める。

ライラナが消え去った後、私たちはそのまま近場に降りて身体《からだ》を休めていた。

もう体力も魔力もすっからかんだ。もう暫《しばら》くはこのまま寝転がっているしかない。

このまま待っていればアルくんたちが捜しに来てくれるかもしれないしね。

「……アニス」

「ん？」

ユフィが私の名前を呼ぶ。ユフィの方へと振り返ると、ユフィは私の頬に手を伸ばしてきた。私の頬に触れながら、ホッとしたように安堵《あんど》の息を吐いた。

「目……」

「目？　あぁ、ライラナに噛《か》まれて色がおかしくなってたんだっけ？」

「それもありますが……瞳孔がドラゴンのようになっていたので」

「嘘《うそ》？　本当に？」

「今は元のアニスの目に戻ってますよ。安心してください」

思わず自分の顔に触れるけれど、目は鏡でも見ないとわからない。

それにしてもドラゴンみたいな目か。帰ったらちゃんと確認しておかないと。もしヴァンパイアみたいに変な能力でもついてたら厄介だ。

「身体は大丈夫ですか？」

「んん〜……ダメかも」

「⁉　何がですか⁉」

「自分の身体がどうなってるのか気になりすぎて、早く調べたい！」

「……はいはい、そうですか」

「怒らないでよ、ユフィ！　ちょっとした冗談だからー！」

「怒ってませんよ？　心臓に悪いと思っただけです」

何気なく交わす会話が疲れ切った身体に心地好《ここちよ》かった。

思えば怒濤《どとう》の展開の連続だった。フィルワッハでヴァンパイアと遭遇して、ユフィに報告に来たら辺境でもヴァンパイアが出たと聞いて。

それで辺境にやってきたらライラナの襲撃だ。自分までヴァンパイアにされかかって、その代わりにドラゴンになってしまった。これで疲れるなって言う方が無理だ。

「……本当に、無事で良かった」

ユフィが甘えるように私の手に指を絡《から》ませてくる。少しだけくすぐったかった。

「アニスがライラナに噛まれて、目が真っ赤になった時に……もうダメだって思ってしまったんです」

「はは……確かに凄《すご》い取り乱してたね、ユフィ」

「覚えてるんですか？」

「夢みたいに見てた感じだけどね。ライラナに噛まれた後、こっちはこっちで大変だったから」

「夢……ライラナもそんなことを言ってましたね。彼女が見せた夢とは……？」

「私が前世の記憶があるって皆《みんな》が知ってて、それを誰も当たり前のように受け入れてて、私が魔法を使えるようになってた夢」

ユフィは思わず息を呑《の》んで、私の顔を見た。

「……それは、その、何というか」

「都合の良《い》い夢だよね。でも、そうなってたらきっと何の不安もない世界だ」

「でも、それは都合が良いだけだ。本当にただ幸せなだけの夢でしかない。ただ夢だけを見て、幸せを繰り返すだけ。私には受け入れられなかった」

「……どうしてですか？」

ユフィは不安げな声で私に問いかけてきた。

「夢であってもアニスの望みが叶《かな》って、不安が全てなくなる世界じゃないですか」

「そうだね」

「……もし、私がそんな夢を見せられたら抗《あらが》える自信がありません」

「ライラナが見せる夢は、それだけ甘い猛毒だったんだよ」

「甘い猛毒……」

「生きる意味も、生きる気力も、全部甘く蕩《とろ》けさせてしまう優しい猛毒だった」

ライラナを思ってしまうと、どうしてもしんみりしてしまう。

この手であの子の願いを打ち砕いて、終わらせてしまった感触が残っている。

「毒は薬にだって出来る。レイニがヴァンパイアの力を癒《い》やしに使えるように。ライラナにも道があった筈《はず》なんだ。でも、ライラナは孤独だった。同胞がいても、その中で一人ぼっちで、色んなことを見落としてしまった……」

「……そう、ですね」

「分かり合えなかったのは悲しいし、これからずっと引き摺《ず》ると思う。でも、忘れたくないんだ。あの子がこの世界にいたことを、あの子が何を願っていたのかも」

それがライラナを終わらせた私の責任だから。

世界を終わらせることで全てを幸せに幕引きしようとした彼女を否定したのなら、私は世界を続けることで幸福になれる人を増やしていかなきゃいけない。

「あんまりくよくよしてたら、またドラゴンに嘲笑《あざわら》われそうだしね」

「ドラゴンにですか？　まさか、魔石に意志が宿っているのですか？」

「単に私の想像なだけなのかもしれないけれどね。でも、これが本当に性格の悪い奴《やつ》でさ！　夢の中でも散々だったよ！」

「性格が悪い……ですか？」

「頭に来る程にね！　でも、背中を押してくれたんだと思う。ドラゴンの意志はまだ私の中で生きてるんだ。だから情けない生き方をするなって叱咤《しった》してくれたんじゃないかな」

「本当に大丈夫なんですよね？　いきなり乗っ取られたりしませんよね？」

何度も確認してくるユフィは、今にも迷子になりそうな子供のようだった。心配をかけてしまったんだな、と強く実感する。

「アニス……」

だから気怠《けだる》い身体を起こして、ユフィに覆い被《かぶ》さるようにキスを落とした。私はここにいるというように。

私からのキスにユフィは目を閉じて受け入れる。そのまま身体を起こして、互いの唇を啄《ついば》むように何度もキスをして、額を合わせる。

「大丈夫。……でも、ちょっと不便に思うこともあるかな」

「何が不便なんですか？」

「お腹《なか》が減るのと同じぐらい魔力に貪欲になってる。もしかしたら私も何か特別メニューの食事とか考えないといけないかな……」

今も身体が空腹とは異なる餓《う》えを訴えてきていて、なんというか苛々《いらいら》しそうになる。

「まさか魔石を食べないとダメとか、そういう体質になるのかなぁ。魔薬ではやってきたことではあるけれど、なんか勿体《もったい》ない気もする……」

「……ぷっ、あは、あははははっ！　あはははははっ！」

「ユ、ユフィ？」

「ふふっ……自分の身体よりも、素材の心配をするのがアニスらしいと思いまして」

ユフィは笑いの余韻を堪《こら》えながら涙を拭った。それから困ったように笑って、私に抱きついて密着してくる。

「……アニスが、ライラナに連れていかれなくて良かったです」

「大丈夫だよ。……きっとライラナは、ヴァンパイアたちは結論を急ぎすぎてしまったんだ。だから未来なんて見向きもしなくなった。自分たちが辿《たど》り着く先を想像出来るようになってしまったから」

「……急ぎすぎた、ですか」

「うん。生き物って最後には死んじゃう。それが世界のルールだから。どんなに不老不死の肉体を手に入れてもいつか終わりが来る。それは精霊契約者であっても、ヴァンパイアであっても変わらないんだ。それに気付いちゃったんじゃないかな。人より優れていたからこそ、未来を早めてしまったんだ」

一を知れば十を知る。優秀な人たちにはそうして他の人よりも理解を早めてしまうことがある。

けれど、答えを知りすぎてしまうというのは、時にそれ故の皮肉な結果を招き寄せてしまうことがある。

「ユフィはさ、進化の先には何があると思う?」

「……終末ですね。どんなに栄えたものであっても、いつか終わりを迎えなければいけない。私たちが古き精霊の時代を終わらせようとしたように」

「うん。ライラナは、そのいつか来る終わりを優しい終わりにしたかったんだ」

誰もが苦しまない、幸せしかない世界。

不都合なことなんてない、望んだものに溢《あふ》れた世界。

でも、そんなのはライラナの身勝手だ。ヴァンパイアたちが人よりも優れていたからといって、彼等《かれら》が出した結論が唯一絶対の解答とは限らない。

いつか終わりは絶対に来る。だから、その終わり方を優しく閉ざそうとしたライラナを否定したい訳ではない。

でも、その終わりが来るのは今じゃない。そう思ったからこそ、ライラナの齎《もたら》そうとした終わりを拒むために戦った。それがこの戦いの全てだった。

「私たちは未来を諦めないように生きよう。一人で結論を急がないで、皆と少しずつ歩むように。もどかしくなることも、諦めたくなることも起きるかもしれない。辛《つら》いのを一人で抱え込んでしまわないように……ユフィにはずっと一緒にいて欲しい」

それが、ライラナを否定した私が成し遂げなければいけないことだ。

彼女の永遠を否定した以上、私は私の信じた永遠を実現させなければならない。

人の意志が繋《つな》ぐ永遠。過去を捨てず、今に繋いで、未来に託す。

人の世代が入れ替わり、古い時代が終わり、新しい未来を望み続ける。

教えを忘れず、けれど常に良きものを目指せるように。

想《おも》いを礎《いしずえ》として受け継いで、未来の夢を見ていく。

「想いを繋いで、受け継ぎながら進む。そんな人の在り方を私は実現したい。でも一人だったら時の流れに押し潰されて決意を忘れてしまいそうになるかもしれない。だから隣でずっと見守っていて欲しい」

「アニス……」

「私はユフィを置いていかないから。だから、これからもずっと私と一緒に生きて」

私がそう言うと、ユフィが強く私を抱き締めながら身を震わせた。それから顔を上げて、私の首に手を回してキスをしてきた。

深く、呼吸すらも呑み込んでしまいそうなキスを交わして私たちは見つめ合う。

ユフィは一筋だけ涙を零《こぼ》して微笑《ほほえ》んでいた。その表情があまりにも幸せそうだから、私も笑みを浮かべてしまう。

「……アニスは、ドラゴンになってしまったんですよね？」

「うん」

「寿命も延びたんですか……？」

「そうだよ」

しがみつくようにユフィが力を込めてきた。

その身体《からだ》は震えている。それだけ感極まってしまったのだということがよくわかる。

「いつか、いつかこんな日が来たらいいと思っていたんです。貴方《あなた》に人を辞めさせてしまうなんて、それはとても残酷なことでもあるのに」

「不安にさせたよね」

「でもアニスが良いって言ってくれたから、甘えたくなるんです」

「うん……」

「私も、一人にはなりたくないんです。これからもずっと、貴方と一緒がいい……」

「私も同じ気持ちだよ」

笑い合いながら額を合わせて、互いに両手を握り合う。

これから告げる誓いは、永遠に違《たが》えることのない約束だ。

「──私と生きてくれますか？　これから気が遠くなりそうな長い時間も、私と一緒に」

「──誓うよ。貴方と一緒に生きて、飽きるまで生きて、終わりすらも一緒に選びたい」

「……そう、ですか」

これからも、共に生きよう。

二人で手を取り合いながら。

決して離れないように。同じ夢を見ながら。

「――いた、こっち！」

「アニス様！　ユフィリア様！」

「姉上、ユフィリア！　二人とも、無事だろうな！」

互いに見つめ合っていると、遠くから騒がしい声が聞こえてきた。

アクリルちゃんの声が聞こえてきたということは、匂いで私たちの居場所を捜してくれたのかもしれない。

レイニの声やアルくんの声も聞こえてくる。ユフィがホッと安堵《あんど》したように表情を緩めたのを見て、私はユフィを引き寄せるように口付けをした。

最初は受け入れてくれたユフィだったけど、不意に眉を寄せて私を押しやろうとする。

私がユフィから魔力を吸い上げたからだ。嫌がるようにユフィに抵抗されて、私たちの距離が離れる。

「何するんですか！」

「いや、我慢出来なくて。アルくんたちも迎えに来てくれたし」

ユフィが唇を拭って、唸《うな》りながらジト目で睨《にら》んでくる。

そんなユフィの反応が可愛《かわい》く思えて、私はつい気を良くしてしまう。

「……成る程、ユフィがよく強請《ねだ》ってくるのもわかるなぁ」

「……私だって今、我慢していることを忘れないでくださいね？　アニス」

やけに据わった目になったユフィは低く呟《つぶや》いた。これは冗談が過ぎてしまったようだ。

元気になったらご機嫌取りに苦労しそうだなと思いながら、私は笑ってしまった。

そうだ。私たちはこれからも笑って生きていくために力を尽くすんだ。

ライラナ、この世界は貴方の言うように誰かが理不尽を強いられる。そのせいで悲しみや憎しみが生まれて、誰かが不幸になることを避けられない世界かもしれない。

でも、それがずっと変わらないのかなんてわからないでしょう？　そんなの未来が来てみないとわからない。

だから、私は明日を信じて進む。

――私は、自分が思い描いた魔法の奇跡で世界を変革していくよ。

今日よりも素敵な明日にしよう。一緒に生きる、大事な人たちと共に――。

あとがき

どうも、鴉《からす》ぴえろです。この度は『転生王女と天才令嬢の魔法革命』六巻を手に取って頂き、本当にありがとうございます。

本巻はこの物語が始まるキッカケとなった婚約破棄、その原因であったヴァンパイアと決着をつけるお話でした。

ヴァンパイアの長《おさ》であるライラナ。彼女はアニスフィアにとって『有り得た可能性』というべき存在です。

もしもアニスフィアが両親から大事にされなかったら？　周囲の人や国への愛着を持つことなく育っていたら？　他人なんてどうでも良《い》いと思うようになっていたら？

もしかしたら、アニスフィアもライラナのように自分の願いや夢だけを優先する怪物になっていたかもしれません。

でも、アニスがそんな道を歩むことはないのでしょう。彼女の傍《そば》にはユフィを始めとして、彼女を思う多くの人がいます。

だからこそ、これからもアニスはふと立ち止まった時にライラナのことを思い出すのでしょう。彼女のようにならないように、彼女のような人が生まれないように。

この六巻が発売する頃には、転天のアニメも始まっている頃でしょうか！　アニメには私も大変ワクワクさせて頂いております！　いつ見れるのかと指折り数える日々を過ごしていることでしょう！

動いて喋《しゃべ》っているアニスやユフィたちを見るのは本当に楽しみで、小説や漫画とはまた違った皆の姿を見ることが出来る日が本当に待ち遠しいです！

アニメも含め、転天の制作に関わっている皆様に心からの感謝を伝えたいです！

転天のこれからについては、様々なお話を頂いておりますので、公表出来る日を楽しみにして頂ければと思います！

物語としては大きな一区切りを迎えた転天ですが、これからもまだまだ転天の世界を広げていきたいと思っております！　どうか応援をよろしくお願い致します！

それでは、次のお話で皆様とお会い出来ることを祈りながら、筆を置かせて頂きます。

鴉ぴえろ

お便りはこちらまで

〒一〇二－八一七七
ファンタジア文庫編集部気付
鴉ぴえろ（様）宛
きさらぎゆり（様）宛

富士見ファンタジア文庫

転生王女《てんせいおうじょ》と天才令嬢《てんさいれいじょう》の魔法革命《まほうかくめい》6

令和5年1月20日　初版発行
令和5年2月10日　再版発行

著者――鴉《からす》ぴえろ

発行者――山下直久
発　行――株式会社KADOKAWA
〒102-8177
東京都千代田区富士見2-13-3
0570-002-301（ナビダイヤル）
印刷所――株式会社暁印刷
製本所――本間製本株式会社

※定価はカバーに表示してあります。
●お問い合わせ
https://www.kadokawa.co.jp/（「お問い合わせ」へお進みください）
※内容によっては、お答えできない場合があります。
※サポートは日本国内のみとさせていただきます。
※Japanese text only

ISBN978-4-04-074846-7 C0193　∞∞

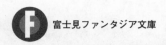

騙しあい。

各国がスパイによる戦争を繰り広げる世界。任務成功率100%、しかし性格に難ありの凄腕スパイ・クラウスは、死亡率九割を超える任務に、何故か未熟な7人の少女たちを招集するのだが――。

シリーズ
好評発売中！

ファンタジア文庫

世界最強の
“不可能任務”に挑む少女たちの
痛快スパイファンタジー！
スパイ教室
竹町
illustration
トマリ

切り拓け！キミだけの王道
ファンタジア大賞
原稿募集中！
賞金
《大賞》300万円
《金賞》50万円
《銀賞》30万円
選考委員
細音啓「キミと僕の最後の戦場、あるいは世界が始まる聖戦」
橘公司「デート・ア・ライブ」
羊太郎「ロクでなし魔術講師と禁忌教典《アカシックレコード》」
ファンタジア文庫編集長
前期締切 8月末日
後期締切 2月末日
公式サイトはこちら！ https://www.fantasiataisho.com/
イラスト／つなこ、猫鍋蒼、三嶋くろ